IRULAANE

IL ÉTAIT (AU MOINS) UNE FOIS

IRULAANE

IL ÉTAIT (AU MOINS) UNE FOIS

BMR

Hachette Livre, 58 rue Jean Bleuzen, 92170 Vanves.

Pour toutes les filles qui ont les pieds sur terre et la tête dans les étoiles.

Et parmi elles, en particulier :

Delphine et Hélène, mes Clothildes à moi,

Manon, ma troisième bêta-lectrice assidue et toujours enthousiaste.

Pour l'homme qui détient la clef de mon cœur à défaut de celle de mon bureau…

CHAPITRE 1 : ALLONGEZ-VOUS...

J'ai dit « je t'aime », en face, yeux dans les yeux, à quatre hommes dans ma vie.

Sur ces quatre hommes :

— J'en ai épousé deux,

— J'ai couché avec trois d'entre eux.

— Un seul a eu droit à des fellations.

— Un seul a été véritablement aimé… (qui n'est d'ailleurs pas le même que ci-dessus)

Voilà ce qui était inscrit sur le bout de papier que j'ai finalement tendu à ma psy quand elle m'a demandé d'« établir le bilan de mes relations sentimentales en toute honnêteté ». Et encore, j'avais fait un effort ! La première version était plus proche du :

— Coït : 3

— Mariage : 2

— Pipe : 1

— Amour : 1

À 35 ans, ce n'est certes pas le bilan le plus brillant qu'on puisse établir en matière d'expérience amoureuse mais, comme dirait ma fille – loin de moi l'idée de lui montrer un jour cette liste ! – c'est pas « si pire ». Et c'est surtout trèèèès loin de la vie que l'on me prête : une femme déjà mariée deux fois, aux sans doute multiples aventures, aussi courtes que mes jupes et appétissantes que les fesses qu'elles moulent. Oui, j'aime attirer les regards, et la langue pendante des mâles devant mes décolletés osés ou mes jupes en simili ne m'a jamais fait hurler au scandale féministe, tant que ça s'arrête là. Les rides, les articulations craquantes et mon ouïe défaillante me rappelleront bien assez tôt que « vanité des vanités, tout est vanité[1] »... En attendant, je profite de cette illusion ponctuelle d'être un sex-symbol !

Pourquoi illusion, hein ? Parce qu'en réalité, je ne suis rien qu'une fleur bleue qui s'est gourée de siècle et qui attend toujours le Richard Gere qui jaillira du toit de sa limousine blanche en brandissant un parapluie pour moi. J'ai cru l'avoir trouvé il y a presque deux ans maintenant, mais l'épisode s'est au final davantage rapproché d'un *Femme naïve : 0 – Barbe-Bleue : 150.* Je croyais pourtant qu'une belle rencontre augurait forcément une belle histoire. Et je trouvais que la nôtre avait été tout à fait romantique.

C'était le jour de la Saint-Valentin. *(Comme c'est curieux ! Comme c'est bizarre ! Quelle coïncidence !)* J'étais encore avec mon second mari. Ça sentait un peu le formol, mais j'y croyais toujours. À vrai dire, c'est surtout que je pensais qu'il n'y aurait pas de troisième, que j'avais amplement fait le tour de la question et que, même si ce n'était pas époustouflant, on pouvait durer comme ça jusqu'à la fin de nos jours sans être trop malheureux. Comme plein de gens se le disent, en fait... Et puis, c'était, c'est... le père de ma fille, alors... je pouvais bien faire des concessions...

Bref, c'était le jour de la Saint-Valentin, et on avait prévu d'aller voir un spectacle. Depuis longtemps déjà, les soirées restau-blancs-des-yeux avaient été remplacées par des soirées entre amis ou avec écran. Ça évitait de se dire bien des sottises et aussi beaucoup d'ennui... De temps en temps, on élevait le débat avec une pièce de théâtre.

1. Citation issue d'un livre de la Bible hébraïque, l'*Ecclésiaste* (autrement appelé le *Qohélet*).

Je me réjouissais de voir la pièce de ce soir-là. Une énième adaptation de *Roméo et Juliette* certes, mais moi, cette histoire, à part si elle est particulièrement mal jouée, elle m'arrache toujours des larmes et des soupirs et me fait rêver quelques jours durant à l'Amour. Évidemment, je me reprends assez vite en me rappelant que les drôles avaient treize et quinze ans et que ce n'est finalement pas très compliqué (ni sublime !) de s'aimer passionnément le temps de plusieurs nuits. Parce que, si ces deux-là étaient restés mariés plus d'un soir, ils auraient eu des gosses, auraient vieilli, se seraient engueulés pour un ménage pas fait ou un Roméo rentrant trop tard du boulot et, un beau jour, fini les restaus en amoureux et les déclarations, ils n'auraient plus rien eu à se dire. Heureusement pour eux, ils sont morts avant, BIEN avant. Ce qui leur a évité rides, frigo vide et moutards qui chialent. Et puis : treize et quinze ans ! L'âge des appareils dentaires, des boutons d'acné et des franges grasses ! Pour l'esthétisme torride, on repassera !

Mais, dans mon fauteuil de théâtre, j'oublie ces paramètres et je rêvasse… *I am Juliet* et Roméo, je le *dream !*

Ce fameux soir de Saint-Valentin cependant, je ne suis pas partie sur mon nuage, parce que, pour tout dire, on s'est copieusement pris la tête une heure avant de partir et mon Roméo à moi, il a décrété qu'il n'avait aucune envie d'aller voir cette pièce « pourrie » (*Oui, il a osé dire ça !*) dans ces conditions… De rage, je suis partie quand même. Roméo et Juliette ne pouvaient décemment pas mourir encore une fois à quelques kilomètres de chez moi sans que je lève le petit doigt pour les assister. J'ai déboulé, furieuse, au volant de ma Mini dans la rue du théâtre et je me suis garée à l'arrache sur une place pour handicapés. Là, j'avoue, j'ai un peu faibli. J'étais à deux doigts de faire demi-tour. J'ai fait le saule pleureur sur mon siège, me sentant bien incapable de profiter sereinement de l'histoire d'amour du millénaire. Je commençais même sérieusement à m'apitoyer sur mon sort, à faire le bilan de ma lamentable existence, à vouer l'ensemble de la gent masculine à tous les diables, quand je me suis reprise. Je me suis regardée dans le rétro, j'ai essuyé mes larmes en me rafistolant le portrait et je me suis répété la petite phrase de Scarlett O'Hara que j'ai faite mienne depuis bien longtemps pour les situations difficiles : « J'y penserai demain ».

Ensuite, avec tout l'aplomb dont j'étais capable, je suis sortie (enfin, « extirpée » serait plus juste, eu égard au gabarit de ma voiture, à la hauteur de mes talons et à la petitesse de ma jupe...), et me suis dirigée avec dignité et sourire vers le théâtre. À l'entrée, j'ai signalé avec un flegme des plus étudiés qu'une place était libre car « mon mari avait eu un empêchement de dernière minute » et je suis entrée dans la salle, déjà presque pleine. Les sièges que j'avais réservés étaient au parterre. Je m'y suis faufilée, priant pour que la lumière s'éteigne le plus vite possible sur ma misère et sur le fauteuil vide à côté de moi, puis je me suis ostensiblement plongée dans le programme.

Pourtant, j'ai senti qu'il se passait quelque chose quand IL est entré. Je sais, raconté de cette manière, cela ne sonne absolument pas rationnel, ni « XXIe siècle », mais c'est exactement ainsi que je me le rappelle. Quelque chose m'a poussée à relever la tête au moment où *il* s'est encadré dans la porte capitonnée de rouge du parterre. Et là... j'ai vu se matérialiser THE TYPE, l'homme dont toutes les femmes... non, dont *je* rêvais depuis que j'avais lu *La Bicyclette bleue* à quatorze ans : mon François Tavernier ! J'ai dû arrêter de respirer une poignée de secondes, juste le temps qu'il rejoigne son rang : le mien !

Alors, c'est pas de la magie, ça ?

Non, non, me dit ma psy, « ça », c'est de la « reconstruction cognitive a posteriori ».

PAUSE : je décris *l'homme*.

Grand (bien sûr), élancé dans un costume décontracté, sans cravate, avec des cheveux mi-longs noirs qui lui retombaient légèrement devant les yeux, noirs également, en amande, vibrants, un regard qui m'a vissée sur mon siège avec la sensation d'y être exposée absolument nue. Une barbe de trois, quatre jours, juste pour ne pas être trop parfait. Le demi-sourire ravageur à faire perdre la tête à toutes les groupies des Beatles réunies.

Oui, oui, écrit comme ça, c'est tout à fait cliché, commun et d'une non-objectivité à couper le souffle. Rien qui explique ce courant électrique pur qui m'a traversé l'échine, rien qui permette de comprendre pourquoi je n'ai pas un instant calculé la femme qui le suivait, ni plus rien de ce qui se passait dans la salle. Comme s'il y avait eu tout à coup un grand silence, une extinction des feux, avec juste une poursuite braquée sur lui. Une scène de cinéma. Mon cinéma. Et là, je le jure devant Dieu et tous ses saints, les anges, les fées, les lutins et… ma psy, une petite voix a résonné dans ma tête : « *Celui-là, ma cocotte, il va signer ta perte.* »

CHAPITRE 2 : « S'IL SUFFIT DE VOIR POUR AIMER...[2] »

Je ne suis pas sans savoir qu'on donne plein d'explications physiques, biologiques, chimiques au coup de foudre. Il n'empêche : il porte bien son nom. Coup de foudre : tu te prends un éclair dans le cœur, les yeux, les poumons, qui te sèche sur place en une microseconde. Microseconde pendant laquelle j'ai dû entrer en catalepsie et, quand j'ai recommencé à respirer, abracadabra : il était assis à côté de moi. J'avais l'impression d'entendre la Belle au bois dormant chantonner à mon oreille sur la musique de Tchaïkovski : « *C'était vous, avec qui j'allais au bout du rêve...* » Et j'aurais pu tourbillonner pieds nus dans les bois avec le bel inconnu pendant des heures si je n'avais pas tout à coup entraperçu l'insignifiante créature qui accompagnait le prince Philippe : sa femme !

Un bref coup d'œil m'apprit :

1. Que j'avais toutes mes chances.

2. Que la Saint-Valentin avait l'air aussi heureuse pour eux qu'elle l'avait été pour moi quelques heures plus tôt.

La « créature » tirait une tête de cent pieds de long, comme seules savent le faire les femmes en colère, jalouses ou coincées, et ni l'un ni l'autre ne se regardaient ni ne s'adressaient la parole. Je l'ai rangée directement dans ma catégorie spéciale « punaises-garces » où finissent mes pires ennemies, à côté du tiroir des salopes. Quoique celui-ci me parût tout à coup bien tentant. Et pourquoi n'en serais-je pas une, moi, pour une fois dans ma vie, hein ? Après tout,

---

2. Mots de Juliette dans la pièce *Roméo et Juliette* de William Shakespeare.

qui a dit qu'on ne pouvait pas changer de catégorie ? Et qui dit qu'il y a un paradis ? (*Sur ce point, nous sommes d'accord avec ma psy !*)

La lumière s'est éteinte et les trois coups ont retenti. J'ai eu un mal fou à me concentrer. Impossible de suivre correctement les fils de la tragédie shakespearienne que je connais pourtant presque par cœur et qui me paraissait ce soir-là tout à fait assommante. Est-ce que la scène du balcon était VRAIMENT aussi longue ? D'où un gamin de quinze ans proposait à une fille de treize de lui envoyer un prêtre pour l'épouser le lendemain ? Et pourquoi la fille exultait-elle à cette annonce de corde au cou ? Je vous le demande ! Ce scénario était bidon ! Que les comédiens jouaient mal ! Ou alors… mes neurones avaient purement et simplement été neutralisés par la sécrétion de phéromones ultrapuissantes venant du siège d'à côté. Me revenaient de vagues souvenirs de mes cours de biologie : je repensais aux trucs bizarres que sont capables de produire certains insectes pour attirer la femelle vers le coït salvateur… Je jetais de brefs coups d'œil à mon voisin. Il semblait imperturbable et aussi éloigné que possible de l'image du cancrelat. Ça aurait dû être interdit d'être aussi sexy à côté d'une femme en détresse…

Concentration, on a dit.

J'ai tenté de me replonger dans la pièce. Bon, voilà, les minots étaient mariés et les ennuis allaient commencer. Mercutio se faisait bêtement poignarder en deux coups de dague en carton doré… Pourquoi déjà ? La totalité de mon cerveau limbique avait migré dans mon bras gauche, que frôlait maintenant le biceps de mon voisin… musclé *of course !* Les effluves de son parfum me montaient à la tête, un mélange de musc blanc et de flagrances de monoï ou de coco qui m'évoquaient irrésistiblement les vacances – lui, moi, nus sous les cocotiers…

Mais… que se passait-il ? Les gens applaudissaient, la lumière était revenue dans la salle et le rideau était tombé. Je clignais des yeux comme un somnambule qu'on aurait réveillé d'une claque. Étais-je tombée dans une faille spatio-temporelle entre la mort de Mercutio et la fin tragique des amants ? L'homme du fauteuil gauche m'avait-il envoûtée grâce à un rite vaudou ? Avais-je inhalé du GHB ?

Heureusement, un petit bonhomme grassouillet est monté sur la scène et s'est mis à rappeler que le bar du théâtre était ouvert pendant l'entracte. L'entracte ! Je n'étais donc pas frappée d'un Alzheimer précoce et foudroyant. C'était la bonne nouvelle du jour.

Mes voisins de gauche parlementaient pour savoir s'ils allaient quitter leurs fauteuils. Enfin, c'est essentiellement le beau brun qui parlait car la « créature » avait la mine fermée et se contentait de dodeliner de la tête en signe de refus catégorique. Quant à moi, l'étalage de leur intimité, même négative, me renvoyait trop à ma propre solitude pour supporter stoïquement leur petite dispute de couple. J'ai décidé d'aller m'aérer et de mettre au passage mes fesses dans la figure du séduisant inconnu. Eh oui ! Quand vous vous extirpez d'une rangée de fauteuils en minijupe, fatalement, les gens qui restent assis s'en prennent plein les mirettes. Pas de raison que le hussard sur le toit ne profite pas des collines vallonnées de ma pétillante Provence…

J'ai pu juger de l'effet de mes « appâts » à l'aune du silence qui a suivi ma progression le long des sièges en velours et à l'expression venimeuse entrevue sur le visage de la créature. Ma petite vengeance personnelle et gratuite sur cette Saint-Valentin de m*****. Ensuite ? Je me suis imaginée chalouper gracieusement jusqu'à la porte de la salle sous le regard gourmand du bel inconnu… Non, ne rêvez pas, j'ai surtout essayé de ne pas me prendre les talons dans le tapis ni de me fouler une cheville dans les escaliers. De rester digne, quoi !

Évidemment, aller prendre un verre, SEULE, au bar du théâtre était exclu car tout à fait pathétique. Je suis donc passée récupérer mon manteau au vestiaire avant de sortir fumer une cigarette sur les marches du bâtiment. J'en avais grand besoin pour affronter TOUTE la deuxième partie de la pièce. J'ai trouvé un endroit un peu à l'écart, derrière une des colonnes pseudo-antiques de l'édifice, contre laquelle j'ai appuyé ma solitude avec reconnaissance. J'ai fermé les yeux une minute et pris quelques grandes inspirations d'air frais. C'est bête mais, à cet instant, je me sentais en vie. Étrangement, les délires romanesques que je venais de m'accorder m'avait quelque peu fait oublier l'échec de ma soirée (de ma vie ?) et avait repoussé mon retour à la maison dans les limbes lointains de l'après. Ce qui, en soi, était déjà une victoire. Et vive le présent ! J'ai attrapé mon paquet de cigarettes dans mon sac et commencé à chercher furieusement…

— Merde, où est-ce que j'ai pu fourrer ce satané briquet ?

J'ai entendu un rire fuser de derrière la colonne où je m'étais réfugiée, au détour de laquelle j'ai vu se matérialiser l'objet de mes fantasmes, me figeant littéralement sur place. Le hussard n'était plus sur le toit ni dans son fauteuil mais bien en face de moi, me surplombant d'une bonne tête malgré mes talons vertigineux. J'ai dégluti. C'était pas Dieu possible d'être aussi beau ! Mais… qu'est-ce qu'il foutait là, bon sang ? *Vite, trouver quelque chose d'intelligent à articuler…*

— J'ai dit un truc drôle ? ai-je marmonné.

— « Satané », je croyais qu'on avait abandonné ce mot depuis… l'Inquisition ?

— C’est tout de même plus élégant que « ce putain de bordel de briquet » ! (*Chloë, tais-toi…*)

— Je vous l’accorde.

Il m’a dévisagée un moment avec un petit sourire diabolique fiché au coin des lèvres – charnues à souhait – et je me suis prosternée intérieurement devant la colonne qui masquait la rougeur envahissant peu à peu mes joues. Il s’est approché encore plus près, et j’ai eu un instant l’image fugitive de son corps d’athlète plaquant le mien contre le pilier de marbre, sa main s’égarant sous ma jupe. J’ai frissonné.

— Alors, qu’est-ce qu’on fait ?

J’ai cru défaillir. Comment ça, « qu’est-ce qu’on fait » ? Il me proposait quoi ? Un baiser torride ? Un touche-pipi à la sauvette ? Un plan dans les toilettes ? Une fuite à la Bonny and Clyde ? Fort heureusement, j’ai fermé mon clapet et il a ajouté en s’éloignant d’un pas, le regard soudainement moqueur :

— Je vous l’allume votre cigarette ?

C’est seulement à ce moment-là que j’ai aperçu le briquet dégainé dans sa main droite. Qu’allais-je donc m’imaginer ?

— O-Oui, merci…

J’ai approché ma bouche de sa main tendue et, par une sorte de réflexe instinctif, je l’ai attirée vers moi pour maintenir la flamme à hauteur de ma cigarette. Sentir sa peau sous mes doigts m’a électrisée, et j’ai dû maintenir le contact plus longtemps que nécessaire, tandis que nos yeux restaient accrochés l’un à l’autre comme des aimants. Il s’est alors produit quelque chose d’insolite. Il a inversé les rôles et a enserré ma main dans les deux siennes, qu’il a ensuite portée à sa bouche, soufflant sur mes doigts.

— Vous êtes glacée, on dirait.

On m'aurait jetée tout entière dans le brasier de l'enfer que je n'aurais pas réagi autrement. La glace s'est muée subitement en feu dévorant et j'ai senti mes jambes flageoler, me contraignant à prendre appui de nouveau contre la pierre. A-t-il mal interprété ma réaction ou soudainement pris conscience de l'incongruité de la sienne ? Il m'a aussitôt relâchée.

— Je vous prie de m'excuser. Ce n'était pas très… approprié.

— Non… enfin… ce n'est pas… mais…

Je bredouillais lamentablement comme une écolière prise en faute. Son visage est devenu impassible et il s'est ostensiblement reculé.

— L'entracte devrait bientôt se terminer.

Je l'ai regardé partir sans un mot (*vous noterez d'ailleurs à quel point j'avais brillé par ma conversation !*), tirant avec frénésie sur ma cigarette au rythme des battements de mon cœur qui n'en finissait plus de tambouriner.

C'était qui ce type tout droit sorti d'une dark romance ?

CHAPITRE 3 : ATTRAPE-RÊVES

Vous imaginez bien que j'ai eu encore plus de mal à comprendre quoi que ce soit à la deuxième partie de la pièce ! (*Ah bon, Tybalt mourait aussi ? Mais ce Frère Laurent, c'est un incapable notoire, non ? Et la Juliette : quelle cruche avec ses plans alambiqués...)* Ce n'est pourtant pas mon irrésistible voisin qui m'empêchait de me concentrer. À un moment, je me suis même demandé s'il n'était pas tout simplement mort d'une crise cardiaque dans le siège d'à côté tant il était figé. Un bref coup d'œil m'a appris qu'il était solidement tenu en laisse : une main aussi manucurée que possessive était vissée sur sa cuisse. La créature le maintenait prisonnier, à n'en pas douter. *Peut-être même avait-elle distillé dans ses veines un venin paralysant ?*

Rêvais-je cependant l'avant-bras délibérément débordant sur mon accoudoir qui m'obligeait à le frôler sans cesse ? Je finis d'ailleurs par trouver une position me permettant de maintenir ce contact peau à peau qui me faisait frémir, et n'osais plus bouger moi non plus. Une partie de moi ne pouvait s'empêcher de me trouver parfaitement stupide, l'autre respirait goulûment ce petit bonheur imbécile d'adolescente attardée.

Bref, c'est dans cette semi-immobilité aussi étrange que torride que Juliette s'est poignardée sans que je versasse une larmichette d'émotion ! Et pourtant émotion il y avait ! Car la mort de Juliette signifiait la fin prochaine du spectacle et donc la séparation irrémédiable et déchirante d'avec celui que les astres avaient mis sur ma route au parterre... (*Oui, bon, il est fort possible que je me sois un tantinet laissée contaminer par l'atmosphère tragique entourant les amants maudits.*) Un garde était en train de brailler qu'il fallait réveiller les Montaigus, les Capulets et toute la ville, quand mon bel inconnu s'est penché vers moi en murmurant (sa bouche frôlant mon oreille dans un contact quasi orgasmique) : « L'ennuyeux avec cette pièce, c'est qu'elle finit toujours pareil ». J'ai repensé à son souffle sur ma main enserrée entre les deux siennes pendant l'entracte et j'aurais pu faire ou dire quelque chose de très idiot lorsque, me retournant vers lui, j'ai intercepté les éclairs dans les prunelles de la créature, et cela m'a légèrement – mais alors très légèrement – dégrisée et cloué le bec. Je me suis contentée d'un sourire amusé, que j'ai tâché de nimber de séduction – *comprenez : une sorte de grimace polie.*

L'instant était passé, et la main de la créature sur sa cuisse, revenue.

Lorsque les lumières se sont rallumées, j'avais complètement perdu la notion du temps. Nos regards se sont croisés, et je reste intimement convaincue que je n'ai pas le moins du monde rêvé ce clin d'œil mutin qu'il m'a adressé. Visiblement, il ne s'était pas vraiment réconcilié avec la mégère qui l'accompagnait durant le spectacle, et ils sont partis rapidement, sans qu'il se soit toutefois retourné une fois vers moi avant de disparaître.

Je suis restée assise sur mon siège jusqu'à ce que presque tous les spectateurs aient quitté la salle. Je fais pareil au cinéma. J'aime bien savourer l'ambiance le plus longtemps possible, avant que la saveur fade du quotidien ne me saute de nouveau à la face, sitôt de retour dans la rue. Comme s'il restait quelque chose des gens et des images de papier qui ont défilé sur la scène ou l'écran pendant une heure ou deux, profondément incrusté dans les fauteuils de velours, les tapis ou les rideaux. Des petits bouts de rêves fichés dans les murs, comme des échardes de lumière.

Ce soir-là, c'est surtout l'image de ce type que j'essayais désespérément de retenir parce que je savais bien que, à peine passé la porte, elle commencerait à s'évaporer jusqu'à s'enliser tout à fait dans le marécage des désirs fous qui nous ont un jour traversé la tête sans qu'on ait fait le moindre geste pour les exaucer. Une partie de moi ne pouvait s'empêcher de trouver la vie monstrueusement injuste parce que cet homme-là, incontestablement, il était calibré pour moi, et non pour la connasse qui l'accompagnait...

J'ai fini par me lever avec résignation : il fallait bien que j'aille affronter mon propre Roméo, que je retrouve la « vraie vie »...

Sur le pare-brise de la Mini... une prune ! Et bing : la réalité !

Quand je suis rentrée, Roméo dormait (et ronflait !) alors je me suis glissée dans les draps le plus silencieusement possible pour ne pas le réveiller. Non par grandeur d'âme, mais parce que je voulais savourer le plus longtemps possible cette petite parcelle de fantasme qu'il m'avait été donnée de vivre ce soir. C'était ma compensation. Mon droit. Mon cinéma. Étalée sur l'oreiller à côté de moi : la main qu'il avait pressée. Comme un talisman, un attrape-rêves...

C'est cette nuit-là qu'il a commencé à hanter mon sommeil. C'était si beau que j'aurais voulu ne jamais me réveiller.

Pourquoi certaines personnes vous entrent-elles aussi profondément et inexplicablement dans la peau ? C'était donc ça, le coup de foudre ? J'en voulais encore, mon Dieu ! Je voulais le revoir, je voulais l'entendre, le toucher, l'écouter, qu'il m'étreigne, qu'il... Voilà, pour la première fois de ma vie, je désirais physiquement un homme plus que tout, avant même qu'il ait effleuré mon esprit et sans rien savoir de lui. C'était mon karma ! J'avais dû le rencontrer dans une autre vie, à n'en pas douter, et ce soir-là, nous nous étions reconnus !

(Ça, j'ai pas dit à ma psy… j'ai ma petite dignité tout de même !)

CHAPITRE 4 : UN, DEUX, TROIS, SOLEIL !

Lorsque je me suis réveillée le lendemain matin, encore sous l'emprise de mon rêve, tout m'est apparu au moins aussi gris que le temps dégueulasse que j'apercevais à travers les stores de la cuisine. Roméo avait sa gueule des mauvais jours et moi… eh bien moi, je n'avais aucune envie de communiquer. Ouvrir la bouche pour autre chose que pour mastiquer un bout de brioche trempée dans mon café constituait un effort surhumain que je n'étais aucunement prête à faire. Dehors, il pleuvait à verse. Mon jean fétiche était à laver. Héloïse, ma fille, n'avait plus une culotte propre (et pour cause, la caisse à linge débordait…). J'étais en retard. Et la buée amoureuse qui m'avait enveloppée la veille commençait déjà à m'apparaître comme une vaste supercherie que je m'étais montée pour masquer la défaite de la soirée. En bref, c'était un matin brun, gris, noir, de ces matins où l'on se dit qu'on aurait mieux fait de rester couché… Hélas, pas le choix. Le taf m'attendait. Une longuissime journée comme on les affectionne.

Parlez-moi un peu de votre travail, m'a dit une fois la psy.

Elle n'y est pas revenue. Qu'en dire ? Lorsque je veux faire de l'esbroufe, je réponds que je suis libraire. Mais voilà bien longtemps que je ne cherche plus à l'épater ma femme-Freud. (Elle m'a vue dans une telle série d'états, plus minables les uns que les autres…) Parce qu'il faut dire ce qui est, je suis TOUT sauf libraire : je suis vendeuse de livres à la Fnac. Et ce n'est pas DU TOUT la même chose !

Si j'étais vraiment honnête, quand on me pose cette question, je serais beaucoup plus proche de la vérité en répondant : caissière. *Je suis la caissière surdiplômée du rayon Livres de la Fnac.* Enfin, pour la plupart des gens… qui ne viennent pas pour être conseillés, mais pour savoir si dans mon ordinateur, je trouve le titre qu'ils cherchent. Les deux questions existentielles que je traite tout au long de la journée sont : « Est-il en stock ? Ou est-ce que je le commande ? » Franchement, pas la peine d'avoir un master des métiers du livre pour assumer ce job. Mais bon, comme dit ma mère : « C'est bien, tu as la sécurité de l'emploi ».

Parlez-moi un peu de votre mère. Là, tout de suite, j'ai nettement plus de choses à dire… En fait, tel pourrait même être le sous-thème de ma psychothérapie. Mais pas ce matin-là… Ce matin-là, malgré l'adversité quotidienne dans laquelle je m'apprêtais à me lancer, il y avait encore mon François Tavernier en fond d'écran.

Je suis arrivée à la Fnac avec quelques minutes de retard, haletant telle une otarie phtisique et priant pour que mon chef de rayon ne me voie pas. Manque de bol, le petit salopard était déjà bien en place et a regardé ostensiblement sa montre quand j'arrivais à mon poste. Comme bien d'autres fois, j'ai eu l'envie irrépressible de lui répondre : « Mais, vire-moi si t'es pas content, connard ! J'en rêve ! J'veux du temps, des indemnités chômage et qu'on me plaigne en prime ! » Mais comme à chaque fois, j'ai ravalé mes velléités de libre-penseuse et plaqué mon sourire le plus hypocrite en minaudant : « Oh, ces embouteillages… ! Vous allez bien, Christophe ? » Ce qui est admirable est qu'il s'y laisse prendre à tous les coups. C'est une technique que j'ai peaufinée au passage de la trentaine : « *faire sa blonde* ». (Dans une ou deux décennies, j'attaquerai le « *faire sa vieille* »…) Travailler l'aspect « charmante potiche » de sa personnalité est un art. Les féministes crieront au scandale et au sexisme. N'empêche, ça sert et souvent ça fait gagner du temps. Quand je n'arrive pas à accomplir une tâche quelconque, je n'essaie plus, je renifle où se trouve la testostérone dans le périmètre et je dis juste « J'aurais bien besoin d'un coup de main » avec des airs de biche effarouchée. Il faut juste le prendre comme un rôle et se rassurer en se rappelant que l'individu masculin connaît en général très bien sa réplique. De plus, être cataloguée comme gentille cruche peut aussi se révéler très pratique : on ne se méfie pas de vous ! Le nombre de fois où Roméo m'a dit : « Toi ? Me tromper ? Tu ne saurais même pas par quel bout t'y prendre ! » J'ai toujours abondé dans son sens… Et j'ai bien fait !

Lorsque la pause de 11 h est arrivée, j'étais à bout de nerfs. Je ne pensais qu'à une chose : une clope ! Je suis partie en salle de pause en priant pour qu'aucun pot de colle n'y soit déjà et ne me force à bousiller mon instant de plaisir en échanges polis à la con. Première minute de chance dans cette journée minable : personne. Je me suis servi un café et j'ai cherché mon paquet de cigarettes avec fébrilité. Sur l'écran de mon portable s'affichait un texto de Roméo :

> Dsl pour hier. J'ai merdé. Je t'm.

La petite tension dans mes épaules s'est subrepticement relâchée, voilà qui allait déjà m'alléger la journée. À reconnaître : mon mari possédait la qualité précieuse de savoir plier le genou sous l'excuse plate, ce qui, admettons-le, est plutôt rare pour un homme. (Arf arf arf ! GIFs diable et doigt d'honneur !)

J'ai chopé ma cigarette en même temps que le programme du spectacle de la veille, histoire d'avoir le nez dans quelque chose si un chieur – pardon, un « importun » – arrivait. J'avais à peine tiré une bouffée qu'un élément totalement incongru a clignoté rouge sur la petite feuille A4 pliée en deux que j'avais dans les mains, qui se sont mises à trembler derechef.

Là, dans la marge, à côté de *Roméo & Juliette* en caractères gras, il y avait un numéro de téléphone écrit au bic, suivi de l'inscription : « *Satané numéro.* »

Dans ma tête : explosion de lumière, gyrophares, sirènes hurlantes, respirations dans un sac en papier, cris d'hystérie. Tout avait un sens et tout était bien. Le destin était en marche ! J'allais connaître enfin une histoire d'amour époustouflante ! Le prince Philippe et François Tavernier n'avaient qu'à bien se tenir !

C'est comme ça que l'histoire a commencé. Pas la peine de faire cette petite moue dubitative, madame la psy ! Je vous jure, j'mens pas. Croix de bois, croix de fer…

CHAPITRE 5 : LOUP, Y ES-TU ?

« Satané numéro »…

D'accord, et alléluia, François Tavernier avait un 06 ET de l'humour. Mais, une fois remise de mes émotions et deux cigarettes plus loin, j'étais au fond d'une belle impasse. Comment se dépatouiller de ce truc-là ? C'est bien beau de divaguer derrière un bouquin ou un écran en s'imaginant aux prises avec un beau et dangereux voyou qui vous enlève en nuisette en plein milieu de la nuit ou du désert, le brushing impeccable et le make-up de Beyoncé. Dans le monde réel, comment s'y prend-on dans ce genre de situations ? Je n'en savais fichtre rien. Encore une intox suggérée par ma vitrine maritale… Car, oui, on peut avoir été mariée et même plusieurs fois, sans posséder aucune réelle expérience en matière de séduction.

Mon premier mariage avait été une erreur de jeunesse. J'avais tout bêtement épousé mon flirt de lycée par fantasme romantique et surtout par ignorance crasse. L'affaire s'était révélée aussi sordide que courte… Le deuxième « gagnant » avait enfilé la panoplie du chevalier servant pour me libérer du premier et m'enfermer dans une autre cage : celle de la maternité. Dans les deux cas, je m'étais jetée toute rôtie et sans réflexion dans la gueule du premier loup croisé sur mon chemin. Pur produit d'une longue lignée de Petits Chaperons rouges, je n'avais jamais moi-même tenté LA CHASSE. Alors, contacter un homme avec qui j'avais à peine échangé deux phrases et dont je ne connaissais pas le nom relevait de la mission impossible.

Toute la journée, j'ai élaboré des scénarii dans ma tête : « Bonjour, c'est moi la fille qui me suis lascivement pressée contre vous toute la soirée d'hier. Vous vous souvenez de mes cuisses ? » Évidemment, non. « Bonjour, on ne se connaît pas, mais je suis persuadée que nous allons vivre une belle histoire de c.. d'amour. » Pas plus. La cruche ? « Bonjour, j'ai trouvé votre numéro dans mon sac et je n'ai pas dû noter votre nom : vous êtes qui ? » La supercruche : « Mickaël ? Non, vous n'êtes pas Mickaël ? J'ai dû me tromper de numéro... » Après, pas facile pour enchaîner. Bref, à 18 h, je n'avais toujours pas tranché.

Et vous n'avez pas pensé à ce moment-là que cette façon de faire, avec sa femme à côté, c'était un peu étrange ? Au mieux limite goujat, au pire inquiétant ?

Ai pas pensé. Du tout. À rien... Moi, voir que : type magnifique, amour, sexe et rock'n'roll. Moi pas avoir une once de cervelle. Moi Jane et lui Tarzan.

Connasse de... oups... CLAIRVOYANTE psy ! Bien sûr que j'y ai pensé, mais j'ai balayé tous mes doutes dans un grand vent de déni. Je la voulais, ma belle histoire d'amour de roman. Parce que si lui, vraiment, c'était François Tavernier, ça voulait dire que moi, je pouvais être Léa Delmas ! Eh ouais...

Je suis rentrée. Rabibochage avec Roméo tout contrit. Pour une fois, je n'en ai pas fait des caisses. J'avais la tête ailleurs et aucune envie de conflit. J'ai donc dit amen à tout, j'ai affirmé que ce n'était pas grave, et nous avons passé une excellente soirée, devant un film dont je serais bien incapable de redonner ici le nom ou l'une des péripéties.

La nuit, j'ai de nouveau rêvé de lui. J'étais dans une salle pleine de monde, une noce, un cocktail, je ne sais pas. L'impression qu'il y avait énormément de bruits, de gens, de mouvements. Des corps qui se pressaient, se poussaient, se mélangeaient, hurlaient, chantaient. Et puis, moi, assise au milieu, vaguement perdue et ne sachant pas comment m'évader de cette foule oppressante. Jusqu'à ce que je ressente un étrange picotement sur la nuque. Alors, les sons s'assourdissaient progressivement tandis que le décor s'effaçait, emportant avec lui les convives de cette fête à la Yvonne de Gallais. Je savais qu'il était là, tout près, et j'étais pétrifiée, de peur et de désir mêlés. J'entendais ses pas se rapprocher dans le silence revenu, je sentais son odeur puis son souffle sur mes épaules nues. Le loup était tout contre mon dos, et j'étais prête à me laisser déchirer par ses crocs, pourvu qu'il me lèche intégralement d'abord. *(OK, sortez vos précis de psychanalyse…)*

Au matin, ma décision était prise. Je n'irais ni au zoo ni au bois. Nous étions au XXIe siècle, j'enverrais un texto. (Décision de MALADE !)

Le lendemain, durant ma pause, j'ai écrit fébrilement :

> Relevé votre satané numéro sur mon programme. Moi, c'est Chloë.

J'ai hésité deux bonnes minutes sur la ponctuation finale et sa connotation :

Moi, c'est Chloë… (mystérieuse et sensuelle)

Moi, c'est Chloë ! (dynamique et bien dans ses pompes)

Moi, c'est Chloë !!! (très dynamique, voire un peu hystérique)

Moi, c'est Chloë :) (on va bien rigoler tous les deux)

Moi, c'est Chloë <3 (je t'aime déjà)

Moi, c'est Chloë. (working girl)

J'ai opté pour la deuxième proposition, neutre et gaie. Et l'attente a commencé.

On était vendredi, et je n'ai obtenu aucune réponse de la journée. Pas plus le lendemain, ni le surlendemain. J'avais beau m'imaginer toutes les raisons du monde (il n'osait pas appeler pendant le weekend, il laissait passer quelques jours pour ne pas montrer à quel point il attendait que je morde à l'hameçon, il regrettait son impulsion...), la fébrilité me gagnait malgré tout, et j'allais vérifier cinquante fois par heure la messagerie de mon portable. En désespoir de cause, je suis allée vider mon sac chez ma meilleure amie, Clothilde, le dimanche matin après être allée faire mes courses.

Nos filles avaient le même âge, ce qui constituait un alibi bien pratique pour nous voir. La joie de nos enfants masquait la bien plus grande joie qu'avaient leurs mères de se retrouver. Nous avions à peu près tout fait en même temps : notre bac, nos études, notre premier emploi, notre premier couple... sauf que Clothilde avait eu la sagesse de ne jamais se laisser passer la corde au cou et, au même âge que moi, elle était infiniment plus « libérée délivrée ». Tout du moins était-ce ce que je lui jalousais tandis qu'elle m'enviait ma stabilité et mon presque docile Roméo. En ce qui la concernait, après sa dernière histoire sérieuse qui avait pris fin quelques mois auparavant, elle papillonnait de droite de gauche en jurant ses grands dieux qu'elle ne s'engagerait plus jamais définitivement avec un mec. Ce qui ne l'empêchait pas de me téléphoner en larmes les soirs de déprime pour me dire à quel point une présence masculine lui manquait et ce qu'elle donnerait pour retrouver un quotidien tranquille et douillet avec un homme normal dont elle repasserait les chemises et subirait les copains et la cuvette des WC relevée.

Voilà ce qui a toujours été génial entre Clothilde et moi : on a le droit d'être absolument inconséquentes et absurdes dans nos propos et nos actions, on ne s'en tient jamais rigueur et on ne se juge pas. Notre définition de l'amitié se résume à « être là ». Clothilde est l'amie qui enterrerait un cadavre pour moi, sans me poser de questions. Et vice versa.

Ce dimanche, le récit de mon « aventure » dans sa cuisine en bordel l'a beaucoup amusée, parce que, ces derniers temps, c'était plutôt elle qui me racontait ses frasques. J'ai dû en rajouter, surjouer un peu le tout. Ça faisait un bien fou de me sentir intéressante. Elle m'a quand même un peu douchée quand elle m'a prévenue contre la déception en me faisant remarquer qu'il était possible qu'il n'y ait aucune suite, voire…

— Une simple entrevue suffira sans doute à t'en dégoûter.

— Alors, qu'est-ce que je fais s'il me rappelle ?

— Tu fonces.

— Mais tu viens de dire…

— Je viens de dire que votre premier rencard serait peut-être le dernier tellement ce sera nul, mais c'est bien préférable à pas de rencard du tout.

— Pourquoi ?

— Pour m'éviter tes jérémiades jusqu'à la mort.

Devant mon air dépité, elle a éclaté de rire :

— C'est la règle de la tentation, ma petite : soit tu cèdes, au grand risque de te planter royalement…

— Soit ?

— Soit tu résistes et tu deviens amère, rigide, acariâtre, et tu fais chier tout le monde !

Mon rire s'est joint au sien.

— Dit comme ça…

— Et puis, entre nous, il y a de fortes chances pour que la magie se casse la gueule dès la première entrevue. Non, non, tu le vois, tu jauges et s'il n'est pas à la hauteur de François Tavernier : NEXT !

Ah, François Tavernier, le héros de *La Bicyclette bleue*… c'était notre idéal d'adolescentes et c'était devenu à jamais le prototype du BMI : le Beau Mâle Inatteignable, le bandit des romans populaires à l'œil de braise et au grand cœur.

— T'as raison, Tilou. Personne ne peut être à la hauteur de François Tavernier.

Dans ma tête, une perfide petite voix résonnait déjà : « Lui, si ! »

Aucune de nous ne prit la peine de relever l'inquiétante manœuvre à laquelle s'était livré le BMI, à savoir profiter de l'obscurité pour farfouiller dans mon sac…

Le danger a néanmoins dû frôler mon inconscient car, dans l'après-midi, j'ai profité d'un moment où Roméo était sorti faire du vélo avec Héloïse pour rappeler Clothilde :

— Tilou, j'ai pensé quand même : imagine que le mec soit un maniaque sexuel, un maître chanteur, un psychopathe. C'est peut-être dangereux.

— Chloë… Il t'a rappelée ?

— Euh… non.

— Eh bien, ne brûlons pas les étapes…

Je ne bossais pas ce lundi-là et j'avais rendez-vous avec ma psy. Bizarrement, je ne lui ai pas soufflé mot de l'épisode. C'était bien différent que de le raconter à Clothilde. Pas envie de me ridiculiser. Que raconter d'ailleurs ? Un inconnu, accompagné de sa femme, a glissé son numéro de téléphone dans mon sac il y a près d'une semaine, et depuis, je ne pense qu'à lui…

« Il vous a rappelée ? » « Non. » Et bing… Fin du rêve…

Au lieu de ça, je me suis enlisée dans des souvenirs d'enfance. Je me rappelle d'ailleurs avoir beaucoup parlé de mon père durant cette séance, ce que je ne fais quasiment jamais. Avais-je senti intuitivement que cet homme-là allait me rejouer la partition paternelle qui m'avait fait tant souffrir entre amour fou et indifférence, admiration et oubli ? Si tel était le cas, le pressentiment a dû hélas être bien trop enfoui pour arriver à temps au stade de la conscience…

Je suis sortie du cabinet, les joues encore mouillées de larmes (c'est une sorte de réflexe pavlovien que j'ai développé : je m'allonge sur le divan et, quel que soit le sujet choisi, je commence à pleurer dans les minutes qui suivent) et j'ai immédiatement enfilé mes lunettes de soleil pour masquer mes états d'âme. À quelques mètres du cabinet, il y a un petit square où j'aime aller m'asseoir après les séances, le temps de me reprendre un peu. Je n'ai pas dérogé à l'habitude. En général, à cette heure de l'après-midi, il n'y a pas de mioches – tous à l'école –, et c'est plutôt tranquille. Le soleil brillait et il faisait presque bon pour un mois de février. L'air vivifiant… et une cigarette me feraient le plus grand bien. Je me suis assise et, tout en inhalant ma fumée, le regard protégé par mes larges lunettes noires, j'ai sorti mon portable et regardé mon Facebook. Mon autre addiction, identique à celle d'à peu près 80 % des moins de quarante ans.

J'étais en train de faire défiler les dernières actus… lorsque son SATANÉ numéro s'est affiché.

CHAPITRE 6 : « TIRE LA CHEVILLETTE, LA BOBINETTE CHERRA[3] »

J'ai serré mon portable comme une grenade dégoupillée. Mon cœur s'est emballé d'un coup et mes mains se sont mises à trembler. Ça y est : la grande aventure commençait ! J'allais enfin quitter les ornières obscures du chemin de la vie pour l'autoroute du soleil levant (*et de la jupe levée*) ! Madame Bovary a frétillé à l'intérieur de mon cortex cérébral et a envoyé une onde puissante jusque dans mon index qui a appuyé sur la touche « décrocher ». Ma voix était plus chevrotante que celle de Mère-grand attendant son petit pot de beurre :

— Oui ?

— Chloë ?

— Oui…

Palpitations, suées, cruchomètre à 100.

— Aurélien. (Léger blanc.) Le type du théâtre…

— Ah… (Fausse surprise.) Eh bien… bonjour, Aurélien… Je me demandais si vous alliez me rappeler…

— Moi, je me demandais surtout si vous alliez trouver mon numéro.

— J'avoue que j'ai failli virer le programme sans le voir.

— Une si belle pièce. Ç'eût été dommage…

J'entendais le sourire colorer sa voix. La « si belle pièce », bien sûr, c'était moi ! J'ai ricané bêtement. Il a repris :

— Tu es du coin ? (Aucune allusion aux circonstances plus qu'étranges dans lesquelles nous nous contactions,

3. Formule emblématique du conte de Charles Perrault *Le Petit Chaperon rouge*, paru dans Les Contes de ma mère l'Oye en 1697.

comme si cette conversation était la plus naturelle du monde. Ce que je devais découvrir, c'est qu'Aurélien agirait très souvent ainsi et qu'il avait élevé jusqu'à l'art la technique du non-dit...)

— Oui. Je suis libraire à deux pas du théâtre. Et vous ?

— Libraire ? C'est un très beau métier ! (Cette voix chaude... à rendre érotique la moindre banalité !)

— Oui... enfin, on s'en fait parfois une idée fausse... Mais vous...

— Moi, je ne suis pas de la région. Mais ma femme en est originaire et ses parents y résident. Nous venons de temps à autre les voir. (Il me déballait ça avec une candeur qui me faisait sérieusement douter de ses intentions.) Nous sommes encore à Tours jusqu'à samedi. Peut-être qu'on pourrait se voir pour un café ? Ou alors, je vous retrouve à votre... ta librairie. On se tutoie, ça ne te dérange pas ?

— N-Non.

— Tu pourrais me conseiller des livres pour mes fils ?

— Euh... oui. (Il avait des fils, donc. Mariage copieusement consommé, pour le moins.) Mercredi, je finis à 15 h. Si vous... tu es dispo...

— Je peux l'être. Si on se dit après 15 h 30 devant le théâtre, ça te va ?

— Oui... oui.

— Je pense retrouver le chemin ! Je vais devoir te laisser, mais on se dit à mercredi ?

— Oui... d'accord. À mercredi.

J'allais raccrocher, légèrement vacillante devant le tour que prenaient les choses, quand il ajouta, d'une voix à faire fondre toutes les saintes Thérèse du monde :

— Je serai vraiment ravi de te revoir, Chloë.

— Moi aussi... Aurélien.

Je suis restée un moment abasourdie sur mon banc tandis que mon estomac faisait du hula hoop. Voilà, on s'était parlé. J'avais entamé le grand voyage – qui, comme chacun sait, commence toujours par un pas, aussi merdique soit-il. Je l'accorde, cette conversation n'avait rien eu d'un dialogue à la Audiard. Si je l'avais un tant soit peu décortiquée, j'en aurais même sans doute relevé toute l'effarante banalité. Sur le coup cependant, je n'avais trouvé cet échange que surréaliste, mystérieux, excitant. Clothilde a quelque peu douché mon enthousiasme par son grand pragmatisme :

— Il t'a demandé si tu étais en couple ? Il t'a parlé de sa femme ? Il fait quoi dans la vie à part fouiner dans le sac des inconnues ?

Rien, je ne savais rien. Et cela m'était complètement égal ! La priorité haute était ailleurs : j'avais deux jours pour me rendre absolument irrésistible de la tête aux pieds. Les images de toutes les femmes fatales que j'avais rencontrées sur écran défilaient derrière mes paupières : de Betty Boop à Sharon Stone en passant par l'impressionnante panoplie des James Bond girls, Ursula Andress et son bikini blanc arrivant en tête des sondages.

Un bref coup d'œil à mon reflet dans une vitrine a freiné mes élucubrations. Pour l'heure, j'étais engoncée dans un manteau sans forme, mes cheveux noirs en bataille et des yeux de panda entourés de rimmel dégoulinant. Taratata ! Scarlett O'Hara a relevé la tête, balancé les épaules en arrière, vrillé l'horizon de ses prunelles émeraude et immédiatement téléphoné au coiffeur le plus proche.

Il serait difficile de décrire l'état de tension dans lequel j'ai passé les deux interminables journées (et nuits !) suivantes : l'excitation et l'appréhension se mêlaient dans un joyeux gloubi-boulga. Le petit feu intérieur qui s'était allumé se faisait sans cesse étouffer par des jets de culpabilité, ou de francs remords. Qu'étais-je donc en train d'initier ? Je me rassurais avec les petites phrases de Clothilde : je n'avais rien fait de mal, cette rencontre serait sans doute l'unique, mercredi soir tout serait classé, prêt à être oublié. Et la meilleure pour la fin, pour toutes les fins : « *Quand le vin est tiré, il faut le boire !* » (Essayez, celle-là, on peut la recaser partout, elle marche à tous les coups !)

Comme toujours, le temps, cette pute borgne, a néanmoins fini par défiler et le jour J est arrivé. Quand je suis partie au travail, impeccablement maquillée, ma chevelure domptée, lisse et noire comme celle de Pocahontas, et surtout portant ma robe fétiche rouge et mes hautes bottes de daim, Roméo s'est un peu étonné :

— Dis donc, t'es bien jolie toi, pour aller vendre des livres !

J'ai ri.

— Les gens ne lisent plus, mon bon monsieur, c'est bien connu, il faut recourir à la stratégie subversive !

— Subversive, subversive, pas trop quand même…

Il m'a enlacée et tendrement serrée contre lui :

— On ne va voir que toi dans les rayons. Je serais presque jaloux.

Là, j'ai eu un petit pincement au cœur. La partie judéo-chrétienne de moi-même a eu envie de se jeter à ses pieds en demandant grâce. La partie païenne a lancé tous ses scrupules dans le grand brasier de Thor. Et puis, j'ai vu Héloïse arriver la bouche et les mains pleines de chocolat et ma résistance interne a faibli. N'entendez pas que mon cœur de mère a fondu, non… j'ai été totalement indigne, et ce n'est pas l'adorable bouille frisée et malicieuse de ma petite fille de six ans que j'ai vue, mais les taches possibles et irrémédiables qu'elle n'allait pas tarder à faire sur ma tenue de Diane chasseresse. J'ai abrégé et me suis sauvée. Comme une voleuse. Une menteuse. Une damnée.

CHAPITRE 7 : MA MÈRE L'OYE

C'est quelque chose d'étrange que le temps. Depuis que j'ai étudié Einstein à l'école, je sais qu'il est relatif, mais ce jour-là, j'en ai fait l'expérience !

À mesure que je me suis approchée de l'heure fatidique, ma montre s'est littéralement mise à dérailler. À croire que les aiguilles étaient bloquées ! J'avais beau regarder le cadran 10 000 fois par heure, rien n'avançait. Si bien que j'allais constamment chercher une autre source d'informations : mon terminal, mon portable, la grosse pendule digitale de la section micro. C'était une conspiration : tous indiquaient strictement la même chose.

Et puis, à partir de 14 h, la trotteuse et ses copines se sont emballées et je me suis retrouvée en deux deux sur le pavé, les mains tremblantes et la bouche sèche, face au destin en marche !

Il était 15 h 15. Je ne pouvais décemment pas arriver à l'heure, ou pire : en avance ! Je me suis élancée à l'assaut du quartier que j'ai arpenté de long en large, transpirant comme un sumo sous mon manteau de laine et mon stress patent.

Quand j'ai finalement déboulé dans la rue du Grand Théâtre, il était 15 h 40. Je ne sais pour vous, mais personnellement j'estime que lors d'une première rencontre, dix minutes, c'est juste le petit retard convenable, celui qui suffit à gommer les signes extérieurs d'impatience ou… à éviter de passer pour une psychorigide !

Cependant, lorsque je suis arrivée devant la grande statue de Molière qui orne l'entrée de l'édifice, l'endroit était désert. Zut, je déteste arriver la première à un rendez-vous.

À moins qu'il ne soit reparti ? J'ai regardé mon portable : rien. Était-il pertinent de lui envoyer un message ? Je ne voulais ni paraître pressante ni le mettre en porte-à-faux avec la créature sanguinaire aux doigts possessifs… Secrètement, j'ai commencé à espérer qu'il ne se pointe pas. J'en serais pour mes frais de quelques battements de cœur supplémentaires et basta, je retournerais à mon quotidien soporifique et tranquille. C'est alors que j'ai entendu mon nom crié de l'autre côté de la rue :

— Chloë chériiiiiie !

Je me suis retournée en maudissant le Ciel, Jésus et les divinités de l'Olympe : c'était ma mère !

J'ai affiché le sourire de circonstance et esquissé un petit signe faussement enthousiaste vers elle. Mon Dieu, faites qu'elle soit pressée…

Elle a traversé la rue au pas de course et ouvert grand ses mains manucurées pour m'attraper le visage et me plaquer ses baisers de diva slave sur les joues. Elle portait un gloss brillant et collant à souhait qui venait de ruiner mon fond de teint en deux secondes et demie. Je me suis essuyée le plus discrètement possible, non sans jeter de furtifs coups d'œil autour de moi : pas de BMI à l'horizon pour le moment.

— Ma chériiiiiie ! Qu'est-ce que tu fais iciiiii ? Tu n'es pas au boulot ?

J'ai reconnu à son ton légèrement hystérique qu'elle n'était pas sobre, ce qui n'augurait rien de bon. À des humeurs plus qu'aléatoires, ma mère ajoute le lever de coude régulier et non maîtrisé, ce qui ne fait pas bon ménage en général. Elle se réfugie derrière son origine slave. Comme s'il suffisait d'être né en Russie pour être lié affectivement à la vodka et à la dépression chronique. « C'est la *slavianskaia doucha* » (traduire « l'âme slave » !), répète-t-elle à qui veut (encore) l'entendre, la larme à l'œil et le verre à la main.

Pour l'heure, il fallait que j'abrège le lamento !

— Tu sais bien que je finis plus tôt le mercredi.

— J'oubliais ! Tu as vrèèèèment des horaires de rêêêêêve… C'est vrèèèèment un bon métier que tu as là, ma chériiiie, tu le sais, hein ? Si j'avais eu la chance de faire des études comme toi, c'est ça que j'aurais voulu faire, libraire.

— Oui, maman, je…

— Mais à mon époque, et avec mon origine, c'était exclu ! Et puis, je suis tombée sur ton père qui était tout sauf avant-gardiste sur le travail des femmes ! Sur la condition des femmes en général d'ailleurs… Je t'ai déjà dit ce qu'il disait de Simone Veil ?

— Oui. Maman, je…

— Il disait que si elle s'était appelée Simon, elle aurait beaucoup moins fait chier le monde ! Simone Veil, tu te rends compte ? Je ne sais pas comment j'ai pu rester aussi longtemps avec un abrutiiii pareil. Pardon, c'est ton père, mais quand même, c'est un abrutiiii ! Je ne t'apprends rien…

— Maman, je suis désolée, mais je suis… enfin, j'attends quelqu'un…

L'œil perçant de ma mère s'est tout à coup vissé sur moi avec l'acuité d'un oiseau de proie.

— On est mercredi, tu n'es pas censée t'occuper de ma Vnuchka[4] ? Je croyais que c'était pour cela que tu demandais ton après-midi, que tu travaillais moins.

J'ai senti la patience m'abandonner. Elle ne pouvait jamais laisser passer l'occasion de me lancer une petite pointe fielleuse et culpabilisante.

---

4. Petite-fille.

— Maman, je ne *demande* pas mon après-midi et je ne travaille pas *moins*. Ce sont mes horaires de travail. Je fais 35 heures, comme tout le monde…

— Comme tout le monde, comme tout le monde… Ton père, dans la restauration, je peux te dire qu'il n'a jamais fait 35 heures.

— Tu le cites en exemple maintenant ?

— Je ne le ciiiiiite pas en exemple. Je DONNE son exemple. Je me réfère à ce que je connais.

Elle commençait à parler de plus en plus fort et à s'agiter. Cela allait tourner au vinaigre.

— Et je peux te dire que, quand nous étions mariés, ton père passait bien plus de 35 heures sur son lieu de travail ! Il y était même parfois des nuits entièèèèèères !

— Ça, c'est peut-être juste parce qu'il te trompait.

Et bim, ça m'avait échappé. Il n'y avait plus maintenant qu'à laisser se dérouler le fil des Parques. Je l'ai vu pincer les lèvres, lisser sa parka. Puis elle a respiré un grand coup et a continué d'une voix chevrotante, l'œil humide :

— Je ne comprends pas pourquoi tu es toujours si méchante avec moi. Je me suis saignée aux quatre veines pour vous élever, j'ai toujours été là pour toi, pour vous quatre, mais pour TOI en particulier ! Tu étais si dure, enfant, il fallait tout le temps être après toi, s'occuper de toi…

Mes oreilles bourdonnaient. La litanie avait commencé. Rien ne l'arrêterait. Et pourtant, alors qu'hypnotisée je regardais le cours désastreux de cet après-midi se dévider sous mes yeux, j'ai senti tout à coup une main se poser sur mon épaule et mon sauveur prendre la parole :

— Chloë, je ne veux pas vous presser, mais nous allons être en retard pour notre rendez-vous chez le fournisseur.

J'ai pivoté : il était là. Immense, souriant, beau comme un dieu grec… Providentiel. J'ai failli bégayer. C'était sans compter ma mère pour combler les blancs !

— Vous êtes un collègue de Chloë ?

Aurélien a émis une légère toux très professionnelle, masquant un début de sourire.

— Son nouveau patron, pour être exact.

La Sarah Bernhardt qui sommeillait dans ma génitrice s'est réveillée instantanément. Sortant la poitrine et étirant ses lèvres peintes, elle a tendu une main de reine en articulant très dignement :

— Sa mère.

— Enchanté, madame. Je suis désolé de vous interrompre mais, voyez-vous, nous sommes attendus.

— Je vous en prie, monsieur, ne vous excusez pas, a-t-elle minaudé, visiblement déjà sous le charme de mon ténébreux.

Puis se tournant vers moi, toute trace de *slavianskaia doucha* disparue :

— Ma chérie, voyons, il fallait me dire que tu étais occupée par *ton travail.*

— Je n'en ai pas eu l'occasion, maman.

Aurélien a terminé la manœuvre avec brio :

— À une prochaine fois, avec grand plaisir, madame. Chloë ? Nous y allons ?

— Je vous suis. *Mamouchka*, on se voit ce weekend, comme prévu ?

— Oui, oui. File ! *Poka* ! Au revoir, monsieur.

Je l'ai embrassée rapidement avant de tourner les talons, puis j'ai suivi mon « patron », et nous nous sommes éloignés sans un mot. Quand j'ai osé relever la tête vers lui, j'ai noté l'expression malicieuse de ses yeux noirs posés sur moi.

— Premier rendez-vous, et tu me présentes déjà à ta mère ? Tu vas vite en besogne.

La pression avec laquelle je vivais depuis plusieurs jours est retombée d'un coup. Non seulement cet homme était aussi (plus !) beau que dans mes souvenirs, mais il paraissait drôle, vif et intelligent.

— Je suis une rapide.

— Alors, soyons tout aussi rapides pour fuir vers un endroit où ta mère ne pourra pas nous retrouver ! J'ai presque peur qu'elle nous épie. Elle a l'air... redoutable !

— Elle l'est ! Tu étais là depuis longtemps ?

— Hm... Assez pour voir que tu avais besoin d'aide.

J'ai rougi. Bien malgré moi, je me suis sentie obligée de prendre sa défense :

— Elle a le tempérament slave...

— Elle est russe ?

— Vaguement...

— Voilà ce qui explique ces jolies pommettes marquées.

Il avait dit cela en esquissant un geste vers mon visage, et le simple frôlement de son doigt sur ma joue menaçait de me faire virer écarlate. J'ai enchaîné :

— Ma grand-mère était ukrainienne, mais elle est arrivée en France, toute gamine. Ma mère se souvient de ses origines quand... elle a un coup dans le nez.

Ironie du sort, voilà que ma mère devenait notre premier sujet de conversation ! Elle était décidemment capable de me pourrir jusqu'à mes rêves. Il fallait embrayer vers autre chose, et vite ! Encore une fois, il a été plus prompt que moi :

— Oh, les mères... elles sont toutes un peu juives avec leur progéniture, non ?

J'ai éclaté de rire, soulagée.

— Exactement. Bon, maintenant que nous sommes débarrassés de la *mama*, je te propose : bar irlandais, branché MAIS bruyant ou salon de thé mémère MAIS tranquille. Qu'est-ce que tu préfères ?

Cette offre ne devait bien évidemment rien au hasard. J'avais longuement réfléchi en amont à ma liste de critères pour le lieu où je l'emmènerais, le premier étant : risque minimum de croiser une connaissance. Sa réponse n'a toutefois pas été celle attendue.

— Et si c'était moi qui t'emmenais quelque part ?

— Je croyais que tu ne connaissais pas Tours ?

— Je suis un homme plein de ressources… Tu me fais confiance ?

Le loup était décidément plein de séduction et l'agneau, aux petits oignons. J'ai sauté dans la marmite…

CHAPITRE 8 : DIVINE COMÉDIE

Plus curieuse qu'inquiète, j'ai donc suivi mon BMI. Il avait sorti son portable et rentré une adresse dans Google Maps. Je n'osais le dévisager et me concentrais sur ses mains. Pour être honnête, je bloquais sur son alliance et faisais tourner nerveusement la mienne autour de mon doigt, par un très freudien effet de miroir.

— C'est à deux pas ! m'a-t-il rassuré avec un sourire carnassier.

Dans ma poche, mon téléphone a vibré. Je l'ai sorti nonchalamment. C'était un message de Tilou : *Tout va bien ?!*

Rapide smiley balancé en retour. Je savais que ça allait la mettre sur des charbons ardents, mais il faudrait qu'elle s'en contente pour le moment.

— C'est là !

Aurélien s'était arrêté au milieu d'une des rues partant du théâtre et s'appuyait contre une porte cochère, l'expression amusée. J'ai jeté un rapide coup d'œil autour de nous. *Qu'est-ce* qui était *là ?* Pas un troquet ni une boutique à l'horizon, pas une porte ouverte.

— C'est quoi, l'astuce ? Tu connais un tripot clandestin ?

— Ah ah ! C'est presque cela ! Je t'emmène chez moi !

Et il sortit triomphalement un trousseau de clefs de sa poche.

— Chez toi ? Je croyais que tu n'étais pas de la région ?

— Tu veux continuer à te geler sur le pas de la porte ou poursuivre cette discussion à l'intérieur, Chloë, agent du fisc ?

Respirer. Se détendre. Tenter la blagounette.

— Votre bilan comptable est à l'intérieur ?

Il a glissé la clef dans la serrure et, m'ouvrant tout grand la porte, m'a lancé d'un ton machiavélique :

— Ne suis-je pas votre patron à qui vous devez respect… et soumission ?

Un petit air glacial m'a soufflé sur la nuque. Puis, la porte cochère s'est refermée dans un bruit sourd et l'obscurité s'est abattue sur nous. La phrase de Dante m'a traversé l'esprit : « Toi qui entres ici, abandonne toute espérance. » Dans le noir absolu de ce que je supposais être un hall d'entrée d'immeuble, j'ai senti son grand corps s'approcher tout contre mon dos et j'ai arrêté de respirer quelques secondes à ce contact brûlant. J'allais m'y abandonner tout à fait (comme l'avait déjà fait ma raison !) lorsque j'ai senti son bras me frôler l'épaule et le bruit d'un interrupteur que l'on enclenche.

— Je vous en prie, jeune Vassilissa. (*Mais pourquoi était-il si près, hein ?*)

— Baba Yaga est dans les parages ? ai-je minaudé pour détendre l'atmosphère en faisant un pas de côté.

— Point n'est besoin d'une vilaine sorcière quand le diable se suffit, a-t-il murmuré dans un sourire tandis que je ne savais si je devais me réjouir ou prendre la fuite.

Le décor ne prêtait pas au sinistre pourtant. La lumière ne révélait rien que de très banal : le rez-de-chaussée d'un ancien hôtel particulier mué en immeuble cossu de centre-ville et divisé en quelques appartements…

OU BIEN : l'antichambre du 2e cercle, la luxure…

— C'est au troisième étage, m'a indiqué Charon en m'ouvrant la porte d'une étroite et antique cage d'ascenseur.

Je pouvais voir les flammes de l'enfer brûler au fond de ses prunelles. Il m'a suivie à l'intérieur du minuscule sas, refermant derrière nous une grille comme dans les films… d'horreur !

Vous êtes-vous déjà retrouvé.e.s dans une cage d'ascenseur riquiqui avec un inconnu qui ne vous veut potentiellement pas de bien ? Ou alors qui vous en veut trop ? Mon imagination oscillait entre scène de crime sordide et… scène de baise torride. La machine étant une antiquité poussive, j'ai eu amplement le temps d'élaborer plusieurs scénarii tandis que je regardais la pointe de mes pieds, affreusement mal à l'aise. Lorsque sa main s'est approchée de mon visage, mon Jiminy Cricket intérieur m'a susurré : « C'est maintenant ! Soit il te broie les cervicales, soit il t'embrasse avec la langue. »

J'ai relevé le nez. Le visage de François Tavernier était à moins de vingt centimètres du mien. J'ai retenu mon souffle et planté mes yeux dans les siens : vert naïf contre noir infernal. Le temps s'est arrêté – au moins deux secondes et demie – puis ses doigts m'ont frôlé la joue pour la seconde fois de l'après-midi, et j'ai senti son souffle près de mes lèvres lorsqu'il a dit :

— Tu avais une miette de pain.

Léa Delmas est tombée brutalement de sa bicyclette.

Heureusement, l'ascenseur s'est arrêté à cet instant précis, un peu brusquement d'ailleurs, ce qui m'a précipitée contre mon romantique. Je dois dire que ses bras m'ont accueillie avec empressement, ce qui a un tantinet sauvé mon amour-propre.

— Ça va ? J'oublie toujours la vétusté de ce monte-charge.

J'en ai profité pour rebondir :

— Visiblement je suis plus en miettes qu'en sucre.

Tandis qu'il ouvrait la grille et la porte, j'ai tout de même jeté un discret coup d'œil au miroir, histoire de ne pas me balader avec du pâté dans les cheveux…

— Trêve de mystère, je t'invite… chez ma vieille tante Blanche.

Et voilà : le deuxième cercle était un joli appartement marqueté, à la déco très « Laura Ashley », envahi de plantes vertes, où régnait une bienveillante pénombre, une partie des volets étant clos. Tandis qu'il s'empressait d'ouvrir persiennes et fenêtres, il m'a expliqué où nous étions :

— Blanche est la sœur aînée de ma mère. Elle vit entre Paris et Tours. Quand je viens à Tours, elle me donne toujours les clefs. J'arrose ses plantes, je vérifie que tout va bien… Désolé, le tripot clandestin sent davantage la naphtaline que le rhum, mais il y a de quoi se faire du café !

— C'est l'essentiel, alors.

J'étais partiellement rassurée. Certes, le lieu ressemblait davantage à une bonbonnière qu'à un ring de débauche, mais je n'étais pas suffisamment naïve pour ne pas constater qu'il avait fait en sorte d'être absolument maître de la situation, m'emmenant dans un lieu où nul ne pouvait nous croiser (ce qui me soulageait évidemment) et surtout, où *tout pouvait se passer !*

N'était-ce pas ce que vous souhaitiez, en réalité ? m'a demandé madame Freud lorsque je lui ai raconté ce premier rencard.

Oui, bien sûr. Peut-être qu'on a tous au fond de soi cette envie d'un jardin secret qui soit une oubliette de l'âme, notre *salle sur demande* de Poudlard où l'on pourrait enfermer à volonté tous nos désirs inavoués et nos noirs péchés. Et puis, hop, il suffirait de claquer la porte et les doigts pour que tout disparaisse, y compris le remords et la culpabilité.

Si l'appartement de tata Blanche était bien la salle sur demande d'Aurélien, ne pouvait-elle devenir la mienne le temps d'un après-midi ?

À l'invitation de mon hôte, je me suis assise dans un confortable canapé fleuri et j'ai profité de ce qu'il s'affairait autour de la cafetière dans la cuisine ouverte pour le reluquer. Il portait un sweat à capuche bordeaux qui mettait en valeur sa silhouette sportive et ses larges épaules, tout en dégageant ma foi de bien jolies fesses moulées dans un jean délavé (oui, le regard des filles ne s'arrête pas, éthéré, au-dessus de la ceinture…). Ses cheveux lui retombaient régulièrement sur les yeux, ce qui lui permettait ce petit dégagé de tête affreusement sexy du rugbyman au repos. Il avait l'air prévenant, ouvert, sympathique et j'ai décidé d'arrêter de psychoter. J'étais une grande fille et personne ne m'avait obligée à me retrouver dans cette situation ambiguë. Si je n'étais même pas capable de profiter de l'instant, autant me tirer tout de suite.

Il m'a apporté une tasse de café bouillant et s'est installé en face de moi, sans me quitter des yeux. Son regard me brûlait littéralement et je mesurais tout l'effet que produisait sur lui la robe rouge ultracourte.

— Cet appartement a une botte secrète, a-t-il alors chuchoté d'un air malicieux, pendant que j'ôtais les miennes.

— Ah oui ?

— Il est un des rares du quartier à avoir une cheminée homologuée et en état de fonctionner !

Nous étions effectivement assis devant un foyer XIXe que je croyais purement décoratif.

— Tu crois qu'on peut s'en servir ? ai-je naïvement demandé.

— Serais-je assez sadique pour l'évoquer si ce n'était pas le cas ?

C'est alors seulement que j'ai noté le bois et le journal déjà prêts dans l'âtre. Mon procureur intérieur n'a pu s'empêcher de pointer doctement la préméditation… Il a suffi de jeter une allumette et le brasier a démarré.

Je sais ce que vous vous dites. Vous avez certainement envie que j'abrège maintenant ces circonvolutions narratives pour aller directement à LA SCÈNE que vous attendez, celle où il m'arrache mes vêtements et me jette sauvagement sur la peau de bête devant le feu, ou bien m'attache dans la chambre rouge en me demandant de l'appeler « maître ».

Je suis désolée de vous décevoir mais… les choses ne se sont pas déroulées ainsi. En lieu et place de *Cinquante nuances de Grey*, il m'a plutôt joué la partition du gendre idéal, le Captain America du mercredi après-midi. Nous avons *discuté* (eh oui !), à bâtons rompus, pendant près de deux heures.

Aurélien était un interlocuteur passionnant, vif, curieux, plein de culture, d'humour et de centres d'intérêt. Nous nous étions vite trouvé des points communs. Il m'a interrogée sur mon travail, mes études, mes hobbies mais aussi m'a fait avouer mes projets secrets d'albums pour enfants et promettre de lui envoyer mes brouillons. Quant à lui, c'était un amoureux du théâtre mais surtout du cinéma, épris d'images et de scénographie. Après un parcours chaotique où il s'était essayé à de multiples professions, il s'était lancé en tant que photographe indépendant. On pourra sans difficulté arguer que je n'étais pas très objective : j'ai trouvé qu'il avait un œil et un vrai talent.

Je vois poindre votre immense déception et peut-être même un soupçon d'ennui devant cette narration plate et attendue. À votre décharge, je dois dire que, même moi, j'ai fini par douter de ses intentions, voire d'être un poil déçue. C'était clair : je m'étais fourvoyée. Oui, cela devait exister les gens qui ont simplement envie de faire de nouvelles connaissances, sans idées malsaines ni plans douteux. (*Ricanements de ma psy et de la communauté masculine au grand complet…*) Ou alors peut-être n'étais-je finalement pas à son goût ? J'avais, de mon côté, amplement envisagé une deuxième rencontre où la magie du premier regard s'effriterait face à la réalité, mais ne m'étais pas une seconde projetée dans la situation inverse ! Et si l'attirance n'était plus réciproque ?

Évidemment, certains éléments démentaient cette hypothèse. (Ah ! je sens votre intérêt galoper de nouveau vers l'horizon du batifolage !) Je notais par exemple sa façon de me bouffer des yeux et la fluidité évidente de nos échanges, tellement évidente que l'espace-temps s'était étréci à la seule pièce où nous étions. Sans parler (mais parlons-en ! Parlons-en !) de tous ces moments où notre distance physique s'amenuisait bien plus que ne le dictait l'usage, chaque déplacement ou passage d'objet étant prétexte à de légers effleurements ou mains attardées quelques secondes de trop. Tout ceci dans l'atmosphère terriblement intime d'un après-midi d'hiver seulement habité par le doux rougeoiement des flammes… Bref, il m'aurait suffi de fermer les yeux pour me projeter dans un chalet à la montagne, bloqué par la neige, les loups et la mafia russe, avec pour seul horizon ses bras protecteurs et puissants… Ce qui a bien failli arriver d'ailleurs *(les bras protecteurs et puissants, pas la mafia russe, suivez un peu !)* au moment où il m'a montré quelques-uns de ses derniers clichés sur son smartphone…

Il s'était assis sur le tapis, devant le canapé où j'étais moi-même installée. Pour me montrer ses photos, il a tendu son bras droit en travers de mes jambes gainées de lycra, tandis que l'autre venait se poser nonchalamment sur mes chevilles débottées. Tout le long du défilé des images, son visage irrésistible de voyou latin mal rasé était presque appuyé sur mes cuisses qu'il venait régulièrement et délicieusement chatouiller, quand sa main gauche allait et venait négligemment sur mes chevilles. Ce dernier frôlement, qui flirtait entre l'anodin et l'appuyé, me faisait perdre la tête, tandis que lui semblait garder absolument toute la sienne et me parlait cadrage, lumière et obturateur avec le plus grand naturel.

On en était là, à deux doigts de s'offrir une James Bond *legs party* (je suis nulle en anglais, je le sais, mais je suis sûre que vous avez tout à fait saisi l'allusion…) devant le feu et j'avais la nette impression que sa main était en train de *scroller* tout doucement mon mollet en direction du genou… et plus si affinités, lorsque la sonnerie de son téléphone a commencé à retentir sans discontinuer. Il faut croire que le monde ne pouvait se passer de mon agent double zéro. Un regard sur ma montre me rappela toutefois qu'il était 17 h 30 passées et que pour moi aussi les diamants n'étaient pas éternels : j'allais être sacrément en retard et ma couverture, compromise ! À regret – enfin m'a-t-il semblé – il s'est détaché de moi et le soufflet sexuel est retombé.

— Désolé, il faut que je décroche.

— Je t'en prie.

J'avais eu le temps de voir s'afficher le nom de son correspondant suivi de petits cœurs… J'étais tout ouïe.

C'est cette conversation, ou plutôt le ton de sa voix, qui m'a, enfin qui *aurait dû* m'alerter. *Moonwalk* jusqu'aux portes de l'Enfer : *le vestibule des lâches.*

CHAPITRE 9 : PETITE MARIONNETTE, POUET, POUET !

Pas un signe ou un regard éloquent de sa part pendant la conversation téléphonique et pourtant, je n'ai pas bougé d'un cil le temps qu'elle a duré. À la seconde où il a décroché, nous nous sommes coulés de concert dans une complicité coupable, sans avoir besoin de l'expliciter d'une quelconque manière.

Bien évidemment, je savais que c'était sa femme et encore plus évidemment, il savait que je savais, et oui, je ne m'attendais pas à une honnêteté sidérante, il n'empêche que son naturel fut désarmant. Je retranscris ici le plus fidèlement possible ses réponses car elles valent tous les éclaircissements.

— Oui, chérie ?… Non je ne vais plus tarder.

— …

— J'ai fait le tour, je me suis occupé des plantes, j'ai rangé deux ou trois bricoles et j'en ai profité pour allumer un feu dans la cheminée, histoire d'assainir l'atmosphère. Ça sentait un peu le renfermé, tu sais. Et vous ? Ça s'est bien passé avec les petits ? Mathis n'a pas été trop grognon ?

— …

— Merde. Et ça va, toi ?

— …

— Je comprends, mon cœur, mais tu sais bien que quand il est malade, il est vite irritable. Ne t'inquiète pas, demain matin, je les gère et tu pourras te reposer.

— …

— Mais oui, bien sûr, chérie.

— …

— Quelques clichés, oui, mais la luminosité n'était pas très bonne cet après-midi, ça m'étonnerait que ce soit exploitable.

— …

— OK. Bon, je te laisse. Je ferme ici et j'arrive. Il y a besoin que je prenne quelque chose pour ce soir ?

— …

— À tout de suite.

Et derrière ça ? Son nez ne s'est pas allongé d'un millimètre. Pas un mot, pas une remarque, pas un petit pincement de lèvres type « Désolé, c'est pas cool » ou « Argh, c'est pas beau de mentir » ou n'importe quoi qui aurait traduit une nanoparticule de gêne ou de justification. Non, il a raccroché comme il se serait remis une mèche de cheveux, m'a souri et a tout simplement dit :

— Il va falloir que j'y aille.

Je me suis levée tel un petit ressort bien huilé et je n'ai pas commenté. Qu'y avait-il à ajouter ? N'avais-je pas tacitement accepté cette duplicité en me rendant à ce rendez-vous ?

Qu'est-ce qui vous a gêné exactement dans son attitude ? me demandera madame Freud.

Je n'ai pas su lui répondre sur le moment, jugeant que mon malaise ne reflétait finalement qu'une bonne dose d'hypocrisie bourgeoise. Et pourtant, la raison de mon trouble résidait bien dans sa totale décomplexion car elle ne pouvait qu'être l'indice d'une habitude bien ancrée… ou pire : d'une dissociation cognitive proche de la psychopathologie !

L'inconsciente Léa Delmas s'est néanmoins bien vite remise en selle, a chassé le petit arrière-goût désagréable laissé par cet échange et a recommencé à rêvasser.

Il a éteint le feu, refermé les volets, lavé nos deux tasses (qu'il a consciencieusement fait disparaître dans le placard, avec sans doute mes empreintes digitales et toute trace de mon ADN…) tandis que je me rhabillais et regardais discrètement mon portable : une salve de SMS de Clothilde – avec de plus en plus de points d'interrogation et de lettres capitales – et deux appels en absence de Roméo. Un message. Je l'écouterais quand je serais seule, espérant qu'il ne sonne pas le glas de ma furtive incartade…

Il a refermé la porte de la salle sur demande, et j'ai presque cru qu'elle allait se fondre dans le mur. À partir de ce moment-là, une qualité particulière de silence s'est installée entre nous. À la manière appuyée, enveloppante, dont il m'observait, je n'arrivais pas à savoir s'il essayait de me faire passer un message ou si lui-même était en proie au doute ou à tout autre sentiment dévastateur. Ses yeux d'encre ont toujours été un mystère pour moi, à la fois fascinants et inquiétants, opaques. Peut-être juste d'un vide sidéral ?

L'ascenseur a mis une éternité à nous rejoindre au troisième étage. François Tavernier se tenait contre le chambranle, le visage tourné vers moi, et je le trouvais incroyablement beau. Il se dégageait de lui ce mélange de force et de fragilité qui fait toujours craquer les femmes, celle-là même qu'exploitent les photographes dans les clichés de gros musclés qui portent des bébés dans leurs bras tatoués. Une envie irrésistible de passer ma main dans ses cheveux, de poser ma tête au creux de son cou et d'être le bébé nu et (modérément) joufflu enfermé dans ces bras-là pour ne plus jamais en sortir m'a envahie.

Ni l'un ni l'autre n'avons fait un geste, cependant, et l'ascenseur est arrivé. Dans la cage exiguë, la tension est encore montée d'un cran, rendant notre attraction quasi palpable dans l'air. J'avais la sensation qu'une main invisible me poussait dans le dos contre lui, j'en avais des fourmillements dans les reins et des tremblements dans les mains que je serrais à m'en faire mal au fond de mes poches.

IL ALLAIT FAIRE QUELQUE CHOSE, BORDEL ?

Lorsque le monte-charge s'est arrêté, il y a eu comme un flottement. J'ai hésité une seconde de trop à me jeter sur lui, cette seconde de réflexion à la con qui t'empêche à jamais de passer de l'autre côté du miroir. A-t-il ressenti la même chose ? Sur l'instant, je n'ai pas réussi à le discerner. Il a ouvert la grille, la porte, et en quelques instants, nous étions de nouveau sur le trottoir, comme éblouis et brutalement dégrisés. Dehors, la luminosité baissait sérieusement, et une petite bruine glacée s'était mise à tomber, nous obligeant à abréger les adieux. J'étais Phèdre, il était Hyppolite et l'univers entier conspirait contre nous !

Il s'est penché sur moi, m'a déposé un baiser sur la joue, m'a dévisagé intensément durant un bref instant électrique, puis il a tourné les talons, sans un mot, me laissant désemparée, frustrée, abandonnée.

Je l'ai regardé disparaître avec la sensation que c'était mon souffle vital qui s'éloignait avec cette silhouette brune, et un chagrin de môme inexplicable, disproportionné, s'est abattu sur moi, en même temps que la pluie, le froid et la petite voix grise du dimanche soir qui hurle dans ta tête : » *Où sont le pal, le gril, la corde, la machette ? Et si rien d'autre : la démoniaque piquette ?* » (Si, si, vous n'avez pas la berlue : prononcez bien les – e muets, ça fait des alexandrins. Le désespoir rend poétique…)

Je me suis mise à l'abri un peu plus loin et j'ai sorti une cigarette ainsi que mon portable. Tilou était sur des charbons ardents. J'ai souri en lisant ses messages survoltés et l'ai rassurée d'un « *Toujours en vie. Te raconte dès que je peux. Il est bôôôôô…* » Puis, j'ai écouté ma messagerie, un peu inquiète, malgré tout. La conscience grise ne laisse jamais tout à fait serein. Pourtant, aucune alarme de ce côté-ci : « *Ma puce, j'ai bien récupéré Héloïse à la garderie. On est à la maison. Peux-tu passer chercher du pain ?* »

L'ironie du parallèle ne m'a pas échappé. Ainsi, pendant que nos existences partent en couille, la priorité reste jusqu'à la fin : « Donne-nous notre pain quotidien ».

Amen, je passerais à la boulangerie et rapporterais la sainte hostie. La vie continuait.

Je faisais la queue à *Patachou* lorsque mon portable a vibré une nouvelle fois. Mon cœur a bondi. C'était LUI !

> Vraiment un temps à passer sa soirée au coin du feu...

Je n'avais rien rêvé, rien inventé. Ce SMS était un aveu. Tout était vrai !

Malgré mon ébullition intérieure, le retour à la maison s'est avéré plutôt paisible. Ma conscience « légèrement » tourmentée avait brodé plusieurs scénarii de complications échevelées avec en réponse la création d'alibis tout aussi tordus. Mais nul ne m'a été besoin d'entrer plus avant ce soir-là dans la logique du crime organisé. La raison que j'avais donnée à mon retard n'a pas été remise en cause : boulot, inventaire, commandes. Cela arrivait de temps en temps et n'avait rien d'extraordinaire. Je me suis rachetée comme j'ai pu en étant quelques heures une mère exemplaire : bain avec Héloïse et longue histoire avant le coucher. Étrangement, le choix de ma fille s'est porté sur *Pinocchio* et j'ai dû lui expliquer pourquoi ce n'était pas bien de mentir aux gens qui nous aiment et qui ont confiance en nous. Elle a écouté attentivement et elle a conclu sentencieusement :

— Il faut jamais mentir « pisque » ça finit toujours par se savoir…

Voilà.

En sortant de sa chambre à coucher, ça a été plus fort que moi, je me suis touché le nez. Non, il n'avait pas grandi. Pas encore.

CHAPITRE 10 : POMME DE RAINETTE VA AU TAPIS...

À partir de ce fatal mercredi, j'ai basculé dans une autre dimension, un univers où l'ensemble de ce que je me suis mis à dire, entendre, ressentir, ingérer... a pris la teinte, la forme, le goût, le parfum d'Aurélien. Le point présent s'est dilué en une simple tension entre souvenir et attente. Je me suis repassé jusqu'à la pamoison chaque seconde en sa compagnie, j'ai imaginé mille déroulés différents avec toujours son sourire diabolique en point d'orgue. Et mon unique obsession s'est rapidement réduite au seul mot : « QUAND ? »

Quand le reverrais-je ? *Quand* aurais-je de ses nouvelles ? *Quand* m'avancerais-je vers lui, nonchalamment accoudé à une table de casino, un martini Dry à la main ? *Quand* me ferait-il l'amour sous la pluie, dans un champ de blé ? *Quand* trancherait-il la gorge à deux ou trois yakusas tatoués au fond d'une ruelle obscure pour me sauver la vie avant de me prendre sauvagement sous une porte cochère ?

Bref, mon héros s'était transformé en héroïne... dont la toute première prise m'avait déjà rendue accroc. Ce sur quoi ne s'est pas trompée Clothilde quand nous avons enfin pu faire notre séance *débrief*.

Nous étions dimanche, et depuis mercredi j'avais eu des échanges quotidiens avec Aurélien via messagerie : sympathiques mais sobres, presque raisonnables, à peine tendres. Peu à peu, j'apprenais de menues choses sur lui et son quotidien et j'en livrais en retour. Pas d'emballement, mais une belle complicité qui se tissait déjà et une augmentation certaine de mon rythme cardiaque dès que je voyais son nom s'afficher dans ma boîte mail. J'avais déjà la sensation étrange de me transformer, de marcher plus fièrement dans la rue, de dégager et d'absorber davantage de lumière, de sourire sans raison, d'être plus patiente, plus détachée, de ne plus avoir faim, de m'alléger…

Bien entendu, j'ai montré chacun des échanges avec le BMI à ma chère Tilou qui s'est empressée de décortiquer jusqu'au moindre signe de ponctuation *(Vous n'imaginez sans doute pas ce qu'une fille peut déceler derrière le simple emploi de points de suspension !)* et qui a été clairvoyante sur la nature du drame en gestation…

INTÉRIEUR – JOUR – CUISINE DE TILOU : SON BORDEL ET MON ENTHOUSIASME.

CLAP : SCÈNE.

TILOU

Il est vraiment aussi séduisant que François Tavernier ?

CHLOË

Plus !

TILOU

Ça sent les ennuis.

CHLOË

Oui… enfin non… pas tant que ça. Il habite Paris tout de même. Je ne risque pas de le croiser tous les quatre matins.

TILOU

Mouais… une heure en TGV, c'est pas non plus Bangkok…

CHLOË, dédramatisant

Il ne s'est rien passé, on ne s'est rien dit, on s'est à peine effleuré. Je n'ai presque rien à me reprocher !

TILOU

C'est pire !

CHLOË

Comment ça, « c'est pire » ?

TILOU

Il t'a juste complètement emballé la crinière, ma fille. Respectueux, charmeur, plein d'humour, juste ce qu'il faut de feu et de glace. Il a le profil type.

CHLOË

Le profil type pour quoi ?

TILOU

Pour que t'en tombes amoureuse. *(Un temps)* Et là, ce sera grave.

Mon esprit a chassé d'un revers de neurone le petit signal d'alarme lancé par mon amie. J'ai dû pirouetter à l'aide d'un « Meuuuh non » léger, sauf qu'au fond de moi, je savais bien, j'avais su dès le premier regard que pour cet homme-là, « j'irais jusqu'au bout du monde, je me ferais teindre en blonde… s'il me le demandait.[5] »

Puis, nous avons laissé le cas Aurélien en suspens car une autre affaire d'importance se profilait.

— Moi aussi, j'ai un truc à te dire, a lancé Clothilde d'un air contrit.

J'ai vu tout de suite que…

— Toi, t'as fait une connerie !

— Je sais pas trop. Bien sûr, tu vas dire que ç'en est une… mais tu sais bien ce qu'on dit : la chair est faible…

Je me suis assise sur un tabouret de bar, prête à tout entendre.

— Je crains le pire. Vas-y, accouche.

5. Paroles issues du titre d'Édith Piaf, *Hymne à l'amour*.

Clothilde m'a lancé sa bombe à voix basse en fuyant mon regard :

— J'ai remis le couvert avec Jérémy.

J'ai eu envie de répondre du tac au tac : « Avec ce gros connard misogyne même pas beau ? » Mais je me suis mordu la langue. Jérémy était le père de Clara, et Clothilde en avait été très amoureuse, très longtemps, malgré ses frasques tant alcooliques qu'extra-conjugales. L'été précédent, elle avait fini par dire stop et l'avait foutu dehors. Ce qui n'empêchait pas le petit roquet prétentieux de garder la morgue du maître et de débarquer régulièrement chez elle en terrain conquis. Mon amie faisait en général profil bas « dans l'intérêt de Clara ». Mais je n'étais pas sûre que ce soit la seule raison. Nous sommes toujours si perspicaces… pour les autres !

— Ne me dis pas que tu es encore amoureuse de ce type ?

— Je ne pense pas, non…

— Mais alors, pourquoi ? Tu te rends bien compte que c'est un nid à emmerdes ! Tu as mis des mois à le tenir à distance et là, tu craques, comme ça ? Il a dû faire quelque chose d'extraordinaire…

— C'était pas mal, oui.

Clotilde a émis un gloussement gourmand qui m'a fait soupirer. Je repensais à ses confidences et comment elle continuait de porter aux nues les prouesses nocturnes de son ex. Au moins avait-il ça pour lui… à défaut d'humanité et d'un minimum d'humilité !

— Et alors ? Résultat des courses ?

— Pas grand-chose. Il est passé vendredi soir avec une bouteille de Chablis grand cru. Comment voulais-tu que je résiste ?

L'argument était de taille, OK.

— Lequel ?

— Le Grenouille…

— Merde, il a sorti les grands moyens.

— 2009.

— Oh, putain.

— Ben, voilà. Tu comprends maintenant. Je me suis un peu emballée.

— Il a passé la nuit ici ?

Clothilde ouvrait la bouche pour répondre quand Clara est entrée avec une chaussette à la main :

— Maman, j'ai trouvé une chaussette à papa sous ton lit !

J'avais ma réponse. Avec la même prémonition que pour mon ténébreux, j'ai compris que la galère ne faisait que commencer.

— Espérons que ta grenouille valait le coup, ai-je conclu tant pour le vin que pour le mec. Il me semble qu'avec tous les baisers du monde, il ne réussira jamais à se transformer en prince charmant…

— Je t'assure qu'il me fait pourtant savamment coasser.

J'ai éclaté de rire avec elle et j'avoue que je ne me suis plus appesantie sur l'idée. Lorsque j'ai quitté son appartement, mon esprit s'était de nouveau vissé sur son objet d'obsession et j'ai descendu les escaliers, le portable à la main, pour vérifier si je n'avais pas de nouveaux messages. Hélas, le BMI devait sans doute savourer le jour du Seigneur en famille et ma messagerie était désespérément muette. Sur Facebook cependant, j'avais un nouvel ami… et une mine inépuisable de renseignements s'offrait à moi ! J'ai relevé la tête, le sourire jusqu'aux oreilles, pour quasi percuter le triste sire dont il venait d'être question : Jérémy !

— Tiens, la meilleure amie qui vient évidemment de dispenser ses précieux conseils, a-t-il immédiatement ironisé.

Regard revolver, travelling à 360 degrés, musique d'Ennio Morricone… Je rêvais de dégainer pour lui faire fermer son clapet une bonne fois pour toutes.

Si nous avions été liés autrefois, au début de sa relation avec Clothilde, les années avaient mué notre connivence première en réelle aversion. Je pense que nous représentions l'un pour l'autre tout ce que nous détestions chez le sexe opposé. Lui : le babos gaucho-feignasse donneur de leçons en sarouel. Moi : la pétasse bourgeoise et insipide qui passait son temps parmi les livres (et les magazines people !). La vérité était que je ne lui pardonnais pas d'avoir fait souffrir Clothilde et qu'il me rendait responsable (par mes conseils avisés !) de leur séparation.

— Dimanche matin, presque midi : tu n'es pas encore au lit, Jérémy ? Étrange. Ah non, c'est vrai, c'est tous les jours de la semaine que tu fais ça…

— T'es vraiment toujours aussi connasse.

— Et toi, toujours aussi mal fringué.

Je l'ai vu chercher ses mots, peu habitué à une repartie aussi cinglante et directe de ma part. Peut-être que mon cœur léger me donnait des ailes. Juchée sur mes hauts talons, je le toisais avec un mépris que je ne cherchais même pas à masquer. Pleine d'assurance, je me suis enhardie.

— Tu médites ta réponse ? Les neurones sont encore imbibés d'alcool ?

— Me cherche pas, Chloë…

Je me suis dangereusement approchée de lui, jusqu'à ce que nos yeux soient au même niveau. C'est là que j'ai dû enfoncer le clou un poil trop loin.

— J'oublie à chaque fois comme tu es petit.

Règle numéro 1 : ne jamais se moquer de la taille chez un homme… Le coup de poing qui a atterri dans le mur à côté de ma tête m'aurait cassé le nez si je l'avais reçu dans la figure.

— T'es vraiment un grand malade !

— Et toi, une pute écervelée. Dégage de ma route avant que je te refasse le portrait.

La voix de Clotilde a retenti derrière moi dans la cage d'escalier :

— Et toi, tu sais toujours parler aux femmes. Débarrasse le plancher, Jérémy.

Je l'ai vu se décomposer et tenter une esquive minable.

— Chérie, elle m'a cherché…

— Ne m'appelle pas chérie, *s'il te plaît.*

Elle s'est approchée de lui, vibrante de colère.

— Il n'y a bien que sur le choix du vin que tu progresses.

— Clothilde…

— Tire-toi, je te dis. Je n'ai aucune envie que Clara soit témoin de ça.

Le prénom de sa fille a eu pour mérite de le calmer. Avant de sortir néanmoins, il m'a jeté un regard digne d'Hannibal Lecter et son « Tu me le paieras, salope » a résonné comme un « Sarah Connor ? » avant la déflagration.

Lorsque la porte de l'immeuble s'est refermée, Clotilde a esquissé un pauvre sourire.

— Bon, ben… nouvelle erreur. Je suis désolée.

— Tout n'est pas perdu, tu auras au moins eu droit à ton Chablis grand cru.

J'ai dédramatisé même si j'avais le cœur qui battait encore la chamade. J'avais toujours senti chez Jérémy une violence intérieure qui ne demandait visiblement qu'à jaillir. Je craignais que ma ridicule bravade ne l'ait par trop piqué et que mon amie en paye les conséquences. Le roquet avait un orgueil qui dépassait de loin son mètre soixante-dix et il n'avait jamais été bon de le malmener.

Je ne croyais pas si bien dire…

CHAPITRE 11 : KALACHNIKOV...

L'épisode malencontreux m'est néanmoins assez vite sorti de la tête. Et pour cause, un autre chat à fouetter s'est présenté : il avait le poil blond, l'accent russe, l'haleine parfumée à la vodka et des griffes d'acier laquées de rose. Le chat était une chatte, pire, une lionne : ma mère ! Eh oui, c'était le jour du repas dominical auquel j'avais accepté de me rendre dans un incroyable moment de déni... Juste avant de jurer mes grands dieux que « plus jamais ça », il y a toujours une heure fatidique où je suis prise d'attendrissement filial et où j'accepte béatement le supplice du repas ordonné par la *Magna Mater*... Or, quand *babouchka* rassemble autour d'elle toute sa couvée, il y a forcément de la prise de bec et du vent dans les plumes.

Quand nous sommes arrivés, Roméo, Héloïse et moi, tout le monde était déjà là : mes deux frères, Boris et Adam, ainsi que ma sœur aînée, Eva.

Boris a deux ans de moins que moi, mais il a déjà largement rempli sa part du contrat reproductif en fabriquant ses trois marmots. Sa femme, Adèle, est une petite chose sèche, placide et coupée au carré dont l'unique mission existentielle semble être : nourrir, torcher, protéger. Je n'ai pas le souvenir de l'avoir déjà entendue émettre un avis original ou une pensée personnelle. Elle est tellement inconsistante que je l'oublie parfois purement et simplement. Elle est rangée dans mon tiroir mental « Plantes en pot, non carnivores »... Je me suis toujours demandé ce qu'elle fabriquait avec mon frère, un géant roux bon vivant qui parle haut, rit fort et pourrait être élu champion du monde des claques dans le dos. Et pourtant… leur dissemblance paraît leur convenir, et je pense sincèrement qu'ils sont heureux.

Ma sœur aînée était accompagnée de son mari, David, un grand échalas débonnaire qui a pour immense mérite… de la supporter. Eva peut être absolument adorable et je lui suis très attachée, mais vivre avec elle (j'en sais quelque chose !) doit être un véritable enfer, surtout à mesure qu'elle vieillit. Elle cumule en effet trois défauts détestables au quotidien : la maniaquerie maladive, l'hypocondrie et un cordon ombilical mal coupé… Ce dernier défaut a fait fuir tous ses petits copains, jusqu'à David qui a réussi (miracle !) à s'en accommoder. Tous deux n'ont pas d'enfant. Eva est « trop malade ». De quoi ? Je crois que cela restera à jamais aussi mystérieux que l'identité de l'homme au masque de fer. Il semblerait qu'elle soit atteinte d'un combo de toutes les maladies orphelines d'Europe occidentale.

Et puis, il y a Adam, le petit dernier. Vingt-cinq ans, aussi intermittent du boulot que des relations sentimentales, et jouissant de l'affection et de l'indulgence de l'ensemble de notre clan disparate. Sa position dans la fratrie en est sans doute la cause, mais plus encore son adorable visage mutin, ses yeux en amande toujours prêts à rire, sa douceur, son humour. Bref, un grand gamin avenant et futé qui sait se faire aimer et qui retombe toujours plus ou moins sur ses pattes. C'est un plaisir et un soulagement de le voir débouler dans nos réunions de famille qu'il égaie et contribue régulièrement à pacifier par sa légèreté, terriblement bienvenue…

À peine avais-je franchi le seuil de la porte que ma mère a attaqué :

— Chloë chériiiie (ah, ça y est, vous aussi, vous l'entendez la petite pointe sur le i qui annonce l'apéro déjà bien entamé ?), tu n'arriveras donc jamais à l'heure ?

— Tu m'avais donné une heure ?

— Il y a toujours une heure impliciiiite pour un repas, voyons, ma chériiiiiie, sinon les gens ne se rencontreraient jamèèèès !

Boostée par mon match précédent avec Jérémy, j'allais sans hésiter monter sur le ring en lui signifiant qu'elle avait mis mon pseudo-retard à profit pour largement entamer les réserves liquides, lorsque son attention a été happée par sa petite-fille. Elle s'est alors mise à lancer des cris d'orfraie dans une scène de reconnaissance digne d'Anna Karénine.

— Ma Vnoutchka[6] chériiiiiie ! Que tu es beeeeelle ! Une vraie petite *matriochka* ! Et tu as encore grandiiii ! N'est-ce pas qu'elle a encore grandi ? Je le disais tout à l'heure à ma voisine : ma Vnoutchka elle grandiiiiit, c'est bientôt une vraie jeune fiiiiille. Elle va en faire tourner des têtes...

Et elle a continué ainsi tout en emportant dans ses bras mon Héloïse ravie, qu'elle couvrait de bisous gras et salés. Roméo a ponctué d'un grommelo type « Moi aussi je suis ravie de vous voir, belle-maman », habitué à ce que ma mère le snobe une fois sur deux, quand elle ne feint pas de ne plus se rappeler son prénom ou, pire, quand elle ne l'appelle pas par celui de mon ex.

Une fois Héloïse disparue dans la cuisine, mes frères sont arrivés pour me serrer avec affection à tour de rôle et, comme à chaque fois, je m'en suis voulu de ne pas les voir plus souvent. Et puis, est arrivée Eva, un tablier sur sa tenue impeccable, ses lèvres parfaitement maquillées déjà pincées :

— Tu aurais pu arriver avant pour aider un peu.

6. Petite-fille.

J'ai regardé autour de moi, amusée :

— Comment ? Vous n'êtes pas encore assez pour tout préparer ?

Eva a émis un petit soupir qui signifiait « Tu ne changeras jamais » et a embrassé l'air entourant mes joues, pour ne pas risquer de compromettre ses mèches lisses et admirablement ordonnées. Adam a ricané.

— De toute façon, tu mets le ventre de Boris dans la cuisine et plus personne ne rentre.

— Moi, au moins, je ne risque pas de m'envoler à la première bourrasque, a ponctué mon frère-géant en envoyant une claque tonitruante dans le dos du benjamin-lutin.

J'ai ri. C'était bon de les retrouver ainsi, inchangés, éternels, comme une photo pixélisée de notre enfance dont la simple évocation est un baume au cœur.

Roméo leur a serré la main. Eva était déjà retournée en cuisine. Je les ai regardés tous les trois, les hommes de ma vie, et je me rappelle m'être dit : « Voilà l'image de la sécurité et du bonheur ». Et puis, juste après, j'ai pensé à Aurélien et une petite déflagration de joie secrète et perfide a brisé l'instant. Rien, évidemment, à côté du tremblement de terre qu'est capable de déclencher ma mère...

Elle a attendu qu'on soit tous à table, installés, à peu près détendus, pour dégoupiller la grenade.

— Alors, Chloë ? Ce rendez-vous en tête à tête avec ton bôôôô patron mercredi, ça s'est bien passé ?

Naturellement, elle a jeté son pavé dans une belle mare de silence, pour être sûre d'être entendue de tous. Malgré des années de pratique, je ne m'attends jamais tout à fait à la sournoiserie de ses attaques. J'ai avalé de travers, mis au moins trente secondes avant de reconnecter le cerveau et balbutié un minable :

— Mais de quoi tu parles ?

— Eh bien, de ce brun ténébreux, affrrrreusement séduisant, avec lequel je t'ai croisée mercredi ! C'est bien ton patron ?

J'aurais voulu ramper sous terre ou l'enterrer ELLE et ses sabots coulés dans le plomb de la nuisance.

— Elle parle de Christophe, ton chef de rayon ? a immédiatement réagi Roméo. Je croyais qu'il était petit et bedonnant ?

J'ai ouvert la bouche pour répondre, mais ma génitrice ne m'a pas laissé le temps d'en placer une et a enfoncé le clou bien malproprement...

— Ah, je ne sais pas si nous parlons de la même personne, mon gendre, mais je peux vous assurer que l'homme que j'ai croisé avec Chloë était tout sauf petit et bedonnant. Moi-même, malgré mon grand âge, j'en ai eu des vapeurs pendant une demi-heure ! Un homme pareil, ça ne devrait pas être toléré ailleurs que dans les magazines ! C'est un coup à donner des complexes à n'importe quel type normal. Soit dit sans vous vexer, bien sûr, a-t-elle ajouté en posant une main faussement apaisante sur l'avant-bras de Roméo.

— Merci de votre sollicitude, Véra, a grimacé Chéri-chéri avant de se tourner vers moi, l'œil soupçonneux. Alors comme ça, le fameux Christophe est une bombe ?

Encore une fois, ma mère m'a coupé l'herbe sous le pied avec la faux de l'hypocrisie qu'elle manie à merveille :

— Oh, je ne voulais pas mettre la pagaille ! Il faut savoir se faire confiance dans un couple... enfin, jusqu'à un certain point...

J'observais son petit air de ne pas y toucher et mesurais sa jouissance intérieure. Mais la moutarde avait fini de me monter au nez et la colère a pris le pas sur ma culpabilité.

— Ce n'était pas Christophe, maman, arrête de raconter n'importe quoi. C'est un de nos fournisseurs qui vient de temps en temps et avec qui je devais faire l'inventaire.

— Mais il a dit…

Elle insistait, la punaise !

— Qu'il était mon patron, oui. Tu voulais qu'il te fasse l'organigramme de la boîte en pleine rue sous la pluie ? De toute façon, dans l'état où tu étais, je ne suis pas sûre que tu aurais compris !

Et bing, encore une fois, elle m'avait foutue hors de moi et la réunion de famille allait partir en vrille.

— Comment ça, dans l'état où j'étais ? (Sa voix montait dangereusement dans les aigus.)

— À peu près le même que celui dans lequel tu es actuellement. Tu en es à combien de verres ?

— Ne parle pas comme ça à maman, s'est interposée Eva.

— Laisse, Eva chérie, a pleurniché la Castafiore maternelle, tu connais ta sœur : constamment à se sentir agressée, on ne peut parler de rien !

— Peut-être que je me sens *constamment* agressée parce que je le suis effectivement à chaque fois que je passe ta porte.

Ma mère s'est levée – non sans avoir bu cul sec le verre qui se trouvait devant elle – et a pris une inspiration pour nous jouer la grande scène du dimanche. Et avec les années de répétition, je peux vous dire qu'elle est tout à fait au point. Jamais un trou de texte ou une erreur d'interprétation.

— Eh bien, ne la passe plus si c'est un tel supplice de venir voir ta mère le dimanche… enfin, *le* dimanche… je veux dire, *un* dimanche, un *rarissime* dimanche où Chloé la princesse descend de son nuage de livres pour nous honorer de sa présence solaire. Dans mon pays, les enfants prennent leurs parents à loger chez eux, figure-toi, quand ils sont âgés, et ils s'en occupent chaque jour que Dieu fait !

— Dieu m'en préserve, n'ai-je pu m'empêcher de ponctuer, relançant la diatribe dramatique.

— Tu es une fille indigne ! Tu ne respectes même pas ta mère.

— Maman, calme-toi, a tenté de s'interposer Eva, tandis que mes frères, ces deux gentils couards, avaient prudemment battu en retraite, le nez dans leur assiette, et qu'Adèle, la plante en pot, s'était muée en Vénus de Milo version col Claudine.

Je n'osais regarder Roméo, soucieuse de déceler si l'éclat maternel habituel allait réussir à chasser de son esprit le point de démarrage de la discussion. Hélas, c'est sur ce point qu'elle a choisi de renchérir, bien évidemment...

— Je te croise dans la rue, un mercredi après-midi, avec un homme superbe qui n'est pas ton mari : je m'étonne, c'est bien normal, non ? Eva, est-ce que ce n'est pas normal ? Est-ce que toute mère ne ferait pas ça ? Est-ce que je fais quelque chose de mal, moi ? (C'est ce « moi » appuyé qui aurait dû m'alerter !)

— Mais non, maman, bien sûr que non, tu ne fais rien de mal, a confirmé Eva dans son désir canin de reconnaissance maternelle.

Adam a tenté une percée dans le mur tragique :

— Mais Chloë non plus ne fait rien de mal. Personne ne fait rien de mal. Cette histoire est ridicule.

— Bah, ça nous rappelle les bonnes vieilles engueulades du dimanche de notre enfance, a ironisé maladroitement Boris.

Voyant le soufflet de la discorde menacer de retomber, ma mère a dû se résoudre à sortir l'arme de réconciliation massive : les pleurs !

— Je suis une vieille femme, même mes fils me trouvent ridicule. J'ai tout gâché, j'ai gâché notre dimanche. Pardon,

pardon, vous avez raison, tous. Je ne sais pas tenir ma langue. Vous savez bien, vous me connaissez… C'est mon âme slave… Il faut toujours que je parle à tort et à travers. Je devrais apprendre à me taire…

Tandis que tout le monde s'empressait autour d'elle pour la consoler à coups de « mais non » et de « c'est pas grave » et que je commençais à m'en vouloir de ma réaction épidermique et disproportionnée, elle a levé ses yeux bleu azur encore noyés d'innocence vers moi et elle a dit – *la saloperie* – :

— … même quand je sais ce que j'ai vu.

CHAPITRE 12 : ROMÉO, POURQUOI ES-TU ROMÉO ?

— Êtes-vous en mesure de remonter jusqu'à l'origine de cette mésentente entre vous et votre mère ? m'a demandé la psy.

« Mésentente », elle en avait de bonnes ! Outre que le terme était un chef-d'œuvre d'euphémisme, il laissait entendre qu'il s'agissait entre nous d'un bon vieux 50/50, un classique de l'incompréhension mère-fille.

— Vous voulez dire : l'origine de sa haine viscérale ? n'ai-je pu m'empêcher de répondre.

— C'est votre ressenti.

— Je croyais que je venais ici pour les écouter.

— Bien sûr. Donc, vous pensez que votre mère vous hait ?

— Globalement, je pense qu'elle n'aime vraiment que son nombril mais moi, en particulier, oui, il est clair que je lui suis insupportable.

— Ne pas supporter quelqu'un et le haïr... vous conviendrez que ce n'est pas tout à fait la même chose...

Elle m'agace, elle aussi, quand elle se lance dans sa guerre sémantique. Le pire étant qu'elle parvient bien souvent à m'y entraîner. Car, qu'est-ce que la haine, au fond ? En quoi est-elle plus forte que la simple aversion ? Et pourquoi est-ce toujours ce mot qui me vient spontanément à la bouche lorsque je pense à Véra ?

— Elle me veut du mal.

Je pensais qu'elle allait commenter cette réplique tout à fait psychodramatique mais elle s'est contentée de me demander :

— Et vous-même, vous voulez-vous toujours du bien ?

Madame Freud ou l'art de retourner la crêpe en une leçon. Effectivement, si je fais le compte de toutes les situations merdiques dans lesquelles je me suis retrouvée par mon absence pathologique de clairvoyance, on pourrait aisément me diagnostiquer une certaine forme de masochisme. L'affaire Aurélien n'y faisait pas exception. Alors oui, je voyais exactement où elle voulait en venir. Ce jour-là, comme les précédents et les trop nombreux qui ont suivi, j'ai été le seul artisan de mon malheur. Je n'ai écouté ni ma petite voix intérieure, ni les mises en garde de Clothilde, ni les gros sabots maternels. J'ai foncé dans le piège, tête baissée, parce que… parce que ce que j'avais lu dans le regard de cet homme m'avait profondément bouleversée, parce que je voulais que cette rencontre ait un sens, parce que j'avais désespérément besoin de me sentir exister, vibrer à nouveau, et pour ce frisson unique de l'épine dorsale, j'étais prête à oublier que je risquais ma colonne vertébrale…

Enfin, je dois dire que lorsque nous sommes rentrés à la maison ce dimanche-là, le frisson n'était plus qu'un petit fond d'angoisse poisseux et, l'espace d'une fin d'après-midi, je me suis jurée d'arrêter les frais avant qu'il ne soit trop tard.

Toutefois, mon sens du danger s'est émoussé au fil des heures passées sans aucune réaction de la part de Roméo. Je l'observais en douce, attendant le moment fatal où il me demanderait des éclaircissements sur les petites allégations maternelles du midi, tentant de traquer un changement dans son comportement, une froideur, une lueur suspicieuse, mais rien. Il était strictement égal à lui-même. J'ai ouvert la bouche une bonne dizaine fois pour mettre le sujet sur la table et faire cesser cette lente cuisson interne, avant de me raviser aussitôt. Avec son conjoint comme avec ses enfants, la règle d'or est ne jamais anticiper les questions de peur de créer vous-même la signalétique jaune fluo jusqu'à l'épicentre du problème.

Au moment de nous coucher, il s'est contenté d'un flegmatique :

— Ta mère en tenait encore une bonne, aujourd'hui.

J'ai levé les yeux au ciel et le long soupir que je me suis autorisée était autant d'acquiescement que de soulagement. L'alcoolisme avait du bon finalement...

Roméo n'est pas d'un naturel franchement jaloux mais ce soir-là, il battait tous les records. Évidemment, j'avais tendance à jauger ses réactions à l'aune des miennes. À situation inverse, j'imagine l'interrogatoire serré auquel il aurait eu droit avec enquête interne pendant une semaine et assignation à résidence durant un mois minimum. Alors, oui, j'aurais pu m'inquiéter de son impassibilité, m'en demander la raison, pourtant la perfide analyse qui s'est confortablement installée dans mon cerveau a été : « Il s'en contrefiche. »

Et lorsque Aurélien m'a téléphoné le lendemain pendant ma pause, tous mes scrupules s'étaient volatilisés. Si mon cœur battait à tout rompre quand j'ai décroché, c'était de l'émotion d'entendre sa voix à nouveau.

Son ton flegmatique et un rien compassé m'a légèrement surprise cependant. Alors que je songeais encore à ce que j'allais lui raconter, il m'a demandé de but en blanc si je pouvais lui envoyer quelques ébauches du roman graphique pour enfants que j'étais en train d'écrire. J'ai bredouillé. Je lui avais effectivement parlé de ce projet... qui était au fond d'un tiroir avec des dizaines d'autres non aboutis, vous savez, ce genre de projet dont on parle toute sa vie dans les soirées alcoolisées... Je ne dirais pas que je m'étais vantée mais... oui, peut-être un peu. J'avais voulu embellir un tantinet ma vie insipide d'un vernis coloré lorsqu'il m'avait montré ses photos et énuméré ses propres engagements artistiques. La vérité toute nue était que je demeurais le plus souvent une grosse feignasse qui aimait buller et rêvasser. Pour me mettre au boulot, il me fallait la contrainte d'un patron… ou d'une arme.

— Et… pourquoi ça t'intéresse ? (« soudainement », ai-je eu envie d'ajouter.)

— Je cherche des gens motivés par l'hybridation photo-dessin. J'ai pensé qu'au vu de tes capacités, ça pourrait te brancher d'intégrer certaines de mes photos dans ta narration.

J'avais bien entendu ? « Des gens », « tes capacités », « te brancher » ? Il s'était cru où ? Sur LinkedIn ? J'étais déstabilisée. Bien sûr, je n'ai pas voulu perdre la face – une constante chez moi, ce que mon petit frère Adam appelle « le syndrome Marty McFly » – et j'ai répondu, sur le même ton que lui :

— Oui, bien sûr. Je suis un peu *overbookée* en ce moment, mais dès que j'ai un moment, je t'envoie ça.

— Super. T'as de quoi noter mon adresse mail ?

Il jouait à quoi ? Je l'avais son adresse mail puisque je lui envoyais des messages quotidiens !

— Je…

— Je te donne mon adresse pro : Aurélien…@…

OK, l'adresse pro donc… De plus en plus éberluée, j'ai noté sur un coin de papier ladite adresse, la chique coupée. Et puis, je l'ai entendu qui parlait fort à quelqu'un d'autre – un peu trop fort : « J'arrive ! Je règle un truc pour le boulot. »

J'ai ensuite discerné une voix féminine et lui qui renchérissait : « Mais si, je t'en ai parlé, c'est une libraire de Tours avec qui on m'a mis en contact pour un projet photo. »

— Aurélien, je… ai-je lamentablement commencé.

— Je dois te laisser, Chloë. On se rappelle, et j'attends ton envoi. Salut.

Et bing, il a raccroché.

Alors que j'étais encore sous le coup de cet appel plus qu'étrange, mon portable a vibré, m'alertant de l'arrivée d'un SMS. De lui.

> On se rappelle vite.

Oui, madame Freud, si je me voulais du bien, je m'en serais arrêtée là.

CHAPITRE 13 : OUVREZ, OUVREZ LA BOÎTE DE PANDORE...

Évidemment, je n'étais pas assez sotte pour n'avoir pas compris la situation. Il avait joué la comédie du professionnalisme pour prévenir la surveillance de son cerbère féminin. Il n'empêche que des éléments de la stratégie m'échappaient. Pourquoi m'appeler quand sa femme était dans les parages ? Avait-il été surpris ? Dans ce cas-là, pourquoi ne pas m'avoir renvoyé ensuite un mail d'éclaircissement ?

Car, alors que j'attendais un mot d'explication qui eût tout dénoué – et nous aurait fait glisser dans une complicité ambiguë (*Vous voulez dire « encore plus ambiguë » ?* a susurré Carla Jung) –, les heures, puis les jours ont passé dans un mystérieux silence.

Je sais ce que vous vous dites. Comment se fait-il que je ne me sois pas davantage manifestée ? Comment ai-je pu – en fille 100 % hystérico-girly qui se respecte – ne pas trépigner du SMS ou frétiller du Facebook ? Oh, ne croyez pas que l'idée ne m'ait pas traversé le cortex dix fois par... minute. Cependant, mon orgueil piqué m'a muselée. Oui, bien entendu, j'ai épluché tout Google et Facebook pour traquer non seulement le moindre recoin de sa vie (enfin, ça, j'avais déjà fait) mais surtout la moindre trace d'activité. C'est d'ailleurs à partir de ce jour que j'ai commencé à éprouver le lent supplice de la lumière verte. Mais si, vous voyez tout à fait ce que je veux dire : le petit point vert allumé pour dire que votre correspondant est connecté... qu'il est là, derrière son écran, qu'il pourrait vous faire un signe, vous écrire, qu'il en a matériellement et temporellement la possibilité mais QU'IL NE LE FAIT PAS !

Et pourquoi n'en êtes-vous pas restée là ?

Biff Tannen était en face de moi. J'étais prête à répondre « Personne ne me traite de mauviette, banane ! » (pardon pour les bébés ignorants des années 90) lorsque mes trente-cinq ans de polissage culturel ont pris le dessus : *J'y ai vu… comme un défi lancé par la vie…* (et presque immédiatement dans le regard de ma psy le mot MYTHO qui clignotait perfidement).

Certes, la vérité toute nue était plus proche du : « J'étais vexée comme un pou et je ne savais plus comment revenir vers lui, la tête haute ». Elle s'est tout de même soldée par un gant relevé puisqu'en désespoir de cause j'ai retroussé mes manches de dentelle sur mes ongles vernis, sorti ce p***** de projet de mon tiroir et recommencé à plancher dessus.

Il s'est alors produit un phénomène inattendu : j'y ai pris goût ! Ce roman graphique que j'avais ébauché il y avait bien dix ans, à la sortie de mes études, n'était finalement pas si mal. Le scénario était frais, original, et il y avait quelques belles planches. Évidemment, il me fallait remettre tout ça au goût du jour, éprouver de nouveau la justesse de mon trait de crayon un peu empâté par l'oisiveté artistique de ces dernières années, mais le plaisir est revenu assez rapidement, et je me suis immergée dans mes croquis et pinceaux chaque soir de la semaine. Roméo a semblé étonné de ma pugnacité inhabituelle et plutôt admiratif devant les résultats obtenus.

— Je ne savais pas que tu avais un tel coup de crayon, m'a-t-il avoué un soir. C'est franchement très chouette.

— J'ai quand même fait les Beaux-Arts.

— C'est vrai mais tu n'en parles jamais et je t'ai toujours connue avec des bouquins, pas avec des pinceaux.

Il avait raison. J'aimais l'Art, je dévorais les mots et les images des autres, mais je ne m'étais jamais vraiment autorisée à passer du côté de l'expression personnelle en la matière. Le manque de confiance et de courage n'était pas le seul en cause. C'était une façon de se cacher, de ne pas m'exposer, de ne pas montrer qui j'étais. J'ai pensé à Aurélien et j'ai réalisé que pour la première fois, aussi douteuses qu'eussent été ses motivations, quelqu'un m'avait donné envie de me livrer. Sans masque.

La semaine est passée ainsi, dans cette ardeur renouvelée, et la joie de la création a contrebalancé le petit pincement au cœur provoqué par le silence de mon ténébreux. D'un naturel plutôt optimiste (et obsédée par le « tout est écrit », « tout a un sens » !), j'ai fini par me dire que cette histoire me servirait « au moins à cela » et je redoublais de cœur à l'ouvrage. Lorsque je serais devenue célèbre, invitée sur tous les plateaux télé comme LA dessinatrice de génie qui aurait révolutionné le roman graphique, il regretterait amèrement de n'avoir pas rampé jusqu'à mon ineffable personne…

Rêveries à part, les vacances scolaires se profilaient, et j'avais posé une semaine de congés pendant laquelle nous devions partir avec Clotilde et nos filles quelques jours sur la côte Atlantique. Roméo était affable, ma mère, muette. *Tout allait bien.*

Nous devions partir le samedi de bonne heure, et j'étais en train de préparer les bagages lorsque le téléphone a sonné : c'était mon frère, Boris. Vous l'avez peut-être compris, nous ne sommes pas très avides de nouvelles dans la famille. Nous nous étions vus il y avait moins d'une semaine, et j'étais plutôt étonnée de voir son numéro s'afficher. J'ai immédiatement pensé qu'il y avait du Véra là-dessous.

— Salut frangine, ça va ?

— Euh… oui.

— C'est bien. (Il y a eu un silence. Il avait une drôle de voix.)

— Je pars demain avec Héloïse à Noirmoutier pour quelques jours, alors oui, tout va plutôt bien.

— Ah oui, c'est vrai. (Nouveau silence.)

— Tu voulais quelque chose ?

— Non, enfin… oui. J'aurais voulu te voir, te parler… mais c'est pas grave.

— *Me voir ? Pourquoi ? Il y a un problème avec maman ? (Sérieusement, avec qui d'autre pouvait-il y avoir un problème, hein ?)*

— Maman ? Non, non. Je crois pas. Enfin, pas plus que d'habitude. (Il ricanait, mais je sentais bien que le cœur n'y était pas.) J'veux pas t'embêter.

— Tu ne m'embêtes pas, voyons. Ce n'est pas si souvent que tu m'appelles ! Je vais en profiter pour faire une pause cigarette.

Il avait réussi à piquer ma curiosité. Boris n'était pas un grand bavard, encore moins un adepte du téléphone. Il était 21 h, on était vendredi soir. Pour m'appeler, il avait donc dû s'extraire de sa bruyante famille, ce qu'il ne faisait plus que de façon exceptionnelle pour sortir avec ses copains. Et dans ces circonstances, quel intérêt d'appeler sa grande sœur ?

— Tu n'es pas avec ta couvée ? ai-je soufflé dans l'appareil avec ma première bouffée, sous les gros yeux de Roméo qui détestait que je fume dans la maison.

— Je suis dehors.

— Tout seul ?

— Je suis dans le jardin.

— Ah.

(Silence.)

— Adèle est là ?

— Non.

— Et tes loulous ?

— Ils sont couchés.

— Adèle est sortie donc ?

— Oui.

Punaise, ça promettait d'être long... Néanmoins, je ne l'ai pas brusqué. Je sentais qu'il y avait quelque chose qui n'allait pas et je ne voulais pas prendre le risque de briser le lien qu'il établissait difficilement entre nous ce soir.

— Donc, Adèle est sortie. Tu gardes les enfants et là... tu es dans le jardin.

— Oui.

Réalisant que Roméo brassait l'air autour de moi pour écouter – mine de rien – la conversation, je lui ai fait signe de s'éloigner. Boris a poursuivi :

— Elle... c'est un peu compliqué en ce moment entre nous.

— *Ah bon ? (Si même la plante en pot devenait compliquée, où allait le monde ?) C'est-à-dire ? Vous vous êtes disputés ?*

— Non, pas vraiment.

— Mais elle est où, là ?

Il a poussé un long soupir.

— En fait, je ne sais pas.

— Comment ça, « tu ne sais pas » ? Elle ne t'a pas dit où elle allait ?

— Si, si, mais...

— « Si, si mais »... QUOI ? (Étincelle dans mon cerveau.) Oh... tu ne la crois pas, c'est ça ?

— Non.

— Mais enfin, Boris, pourquoi Adèle te mentirait-elle ?

— Parce que... elle l'a déjà fait.

J'étais sur le c**. On parlait bien d'Adèle ? Notre Adèle ? La Bree Van de Kamp de notre tribu ?

— Vas-y, raconte, tu en as trop dit maintenant.

— Elle n'est pas comme d'habitude ces derniers temps.

— C'est-à-dire ?

— Tu n'as rien remarqué, dimanche ?

Obnubilée par mes propres changements et la peur que les remarques inconsidérées de ma mère ne les dévoilent, je n'avais effectivement rien noté de particulier.

— Euh… non. Qu'est-ce que j'aurais dû remarquer ?

— Elle est plus… coquette, plus secrète.

Re-sur le c**…

— Je n'ai pas fait attention, non… Mais, ai-je aussitôt renchéri, comme si je prenais ma propre défense, ce n'est pas parce qu'une femme fait des efforts vestimentaires ou chante sous la douche le matin avant d'aller au boulot qu'elle cache forcément un truc !

— Peut-être pas. Il n'empêche qu'elle s'est mise à sortir quelques fois, à rentrer plus tard que prévu du boulot, à faire des heures supplémentaires… Je n'ai rien dit parce que… je sais qu'avec les trois petits et, en plus, depuis qu'elle a repris le travail, c'est pas simple tous les jours pour elle.

— C'est pas simple tous les jours pour toi non plus, ai-je tenté.

— C'est bien Chloë qui parle ? Chloë la féministe qui lance à tout-va les mots « charge mentale » et « machisme » dans chaque repas de famille depuis qu'elle a quinze ans ?

J'ai souri. Quand il s'agit de mes frères, je ne dois plus être tout à fait objective. Et il faut dire que j'avais beaucoup de mal à me croire de la même espèce qu'Adèle.

— D'accord. Donc, elle a changé, elle est moins à la maison. Et après ?

— La semaine dernière, elle est allée manger chez une de ses collègues, Lily. C'est une ancienne connaissance, elle est déjà venue plusieurs fois à la maison avec son mari. Dans la soirée, j'ai eu besoin de la joindre, Charlie était malade, je ne trouvais pas le doliprane…

— Ça va, Boris, pas la peine de me monter un scénario. J'ai compris. T'as eu des doutes et t'as voulu vérifier…

— Ouais.

— Et puis ?

— Adèle ne répondait pas au téléphone, alors…

— Alors, t'as appelé chez la nana !

— Ouais. Y avait personne.

— Bon. C'est une preuve de rien du tout. Quelle a été sa version ?

— Parce que tu crois peut-être que je lui ai demandé ?

Les hommes sont parfois désarmants par leur bêtise ou leur naïveté (entre les deux, mon cœur balance…). Évidemment qu'il aurait dû lui demander ! Quitte à l'attacher sur une chaise et à lui arracher les ongles un à un !

— Vraiment, Boris, parfois tu me sidères. Il y a mille façons de savoir sans en avoir l'air. Et (j'ai pris une inspiration, prête à délivrer la révélation du Dalaï-Lama) si on cherche bien, pour le moindre écart, il y a toujours un témoin quelque part…

À cet instant précis, Lao Tseu a relevé la tête et croisé le regard de Roméo. Mon mari n'avait pas quitté la pièce comme je l'avais cru et l'expression que j'ai décelée sur son visage m'a soudainement fait perdre toute velléité de sagesse chinoise. Car, que pouvais-je voir briller au fond de ses prunelles dangereusement fixes, si ce n'est la flamme de… L'ILLUMINATION ?

CHAPITRE 14 : HUE, DADA !

Je pense que Boris a dû me prendre pour une schizophrène. En effet, j'ai abandonné sans vergogne la panoplie du méfiant sage chinois pour enfiler prestement celle de Caroline Ingalls.

Il se faisait sans doute des idées. Il aurait dû être content qu'Adèle retrouve un peu d'autonomie. La situation n'était jamais aussi suspecte qu'on le croyait (celle-là, je l'ai particulièrement bien articulée) et il y avait toujours de mauvaises langues pour prétendre avoir vu *des choses* là où il n'y avait souvent que l'évidence. Et non, il ne fallait pas laisser s'implanter les racines du soupçon ! Adèle était irréprochable, j'en étais sûre !

Emballé c'était pesé, j'ai raccroché sur un Boris partiellement rassuré, une conscience grisounette et le trouillomètre à zéro.

Cette fois-ci, Roméo a attaqué direct !

— Ben alors, qu'est-ce qui se passe avec Adèle ?

— Mais rien, Boris se fait des films.

— Je pense aussi. Adèle, c'est l'incarnation de la fidélité.

Sa façon de le dire ne m'a plu qu'à moitié. J'ai eu l'impression très nette que résonnait dans ma tête la suite implicite de la phrase : un « elle », bien appuyé. Plus par bravade que par esprit de stratégie, j'ai rétorqué :

— Qu'est-ce que t'en sais, d'abord ? On peut être une salope en col Claudine, après tout !

— C'est vrai. De même qu'on peut être une prude en robe rouge moulante.

Vous le sentez, le frisson glacé qui m'a frisé la nuque ? La robe rouge moulante, celle-là même que je portais le jour où j'avais vu Aurélien. La remarque ne pouvait tomber par hasard. J'ai hésité à répondre du tac au tac : « Qu'est-ce que tu insinues ? » – j'adore cette réplique que je trouve tout à fait digne d'une soirée champagne et petits fours – mais je me suis retenue à temps de peur de lancer une conversation que je n'aurais pas maîtrisée. (Tel est le secret des guerriers invaincus : ne jamais commencer un combat que vous n'êtes pas certain de gagner !) À la place, j'ai joué la carte de l'innocence crasse et crâne :

— Exactement !

Ce qui a eu le mérite de lui couper l'herbe sous le pied.

— Une femme avertie en vaut deux, m'a sentencieusement rappelé Clothilde quand je lui ai rapporté l'épisode autour d'une coupe de Vouvray dans le petit salon douillet de sa maison de Noirmoutier.

— Pourquoi tu dis ça ?

— Parce que, maintenant, soyons claires : tu sais qu'il sait !

— Tu crois ?

— Évidemment. Ou alors il est vraiment particulièrement con.

J'ai fait la moue. Je n'étais pas certaine que Clothilde ait raison. Le cerveau humain est étrange (d'autant plus lorsqu'il est masculin !) et on est souvent le dernier à voir ce qui crève les yeux des observateurs les plus reculés. C'est le syndrome de la lettre volée. Vous connaissez cette nouvelle d'Edgar Allan Poe ? Tout le monde se casse la tête à chercher une missive dérobée alors qu'elle se trouve sur le bureau de la victime depuis le début. J'étais la lettre volée drapée de rouge : on ne me découvrirait jamais !

Le temps passant et le danger s'éloignant de moi, j'ai pris le parti de le minimiser. Qu'avais-je donc fait de tellement répréhensible si ce n'est vaguement escamoter une après-midi à l'espace-temps ? Il ne s'était RIEN passé. Près de deux semaines s'étaient maintenant écoulées sans nouvelle du ténébreux. *Fin de partie*, comme aurait dit Beckett. Malgré un pli à l'amour-propre et ses yeux noirs qui continuaient de m'occuper l'esprit, je ne pouvais m'empêcher d'éprouver un certain soulagement. C'était vraiment trop compliqué d'avoir une double vie, même l'espace de quelques jours. Mieux valait laisser cela aux héroïnes de roman qui finissent empoisonnées au cyanure ou emportées par la petite vérole…

… Que je me disais le jeudi soir à Noirmoutier, après une semaine de plein air, d'apéros corsés et de fous rires endiablés avec ma meilleure amie. Il était près de minuit. Nos filles dormaient depuis un bon moment et Clothilde était allée se coucher elle aussi. Quant à moi, je m'étais glissée au chaud sous la couette où je savourais un délicieux instant de lecture bercé par le seul bruit des vagues, lorsque mon téléphone s'est mis à vibrer. À cette heure-ci, ce ne pouvait être que Roméo. Que se passait-il ? Nous nous en étions tenus au petit coup de fil quotidien marital et à l'échange de quelques textos factuels. S'il cherchait à me joindre à cette heure, c'est que quelque chose ne tournait pas rond.

Quand j'ai attrapé mon smartphone néanmoins, mon cœur s'est figé en voyant le nom de mon correspondant : Aurélien… Nom qui s'affichait au-dessus d'une simple émoticône. Une ÉMOTICÔNE ?! Après quinze jours de silence ? À minuit ? Mes sels ! Mes sels !

Après être restée cinq bonnes minutes devant l'écran dans un état proche de la catatonie, j'ai fait la seule action intelligente qui me soit venue à l'esprit, j'ai répondu par… une autre émoticône.

C'était d'un haut niveau cognitif, je vous l'accorde ! Mais le plus long des voyages – comme l'a dit Lao Tseu ou un de ses copains – commence toujours par un pas. Et celui-là, il devait me mener loin…

Car les innocents petits bonhommes jaunes clignant de l'œil ont ouvert grand les portes de la nuit (et de la luxure qui l'accompagne !).

Il a commencé par un tout petit :

— Seule ?

— Oui.

— Noirmoutier ?

— Comment tu sais ?

— FB…

— Bien sûr… Et toi ?

— Pas Noirmoutier.

— Haha.

Donc, il ne me répondrait pas. Et j'en étais à me creuser la tête pour relancer la conversation intelligemment, quand il a poursuivi :

— Je t'imagine te balader le long de la mer. Je t'envie.

— À minuit, je me balade surtout dans mon lit…

— Dans ton lit, hm… Je peux très bien t'imaginer aussi…

Les fameux points de suspension… On sait toutes ce qui arrive ensuite au mignon petit mogwai quand on le nourrit après minuit… Vous le voyez arriver, n'est-ce pas, le gentil Captain America qui troque son bouclier contre une perruque de Casanova ? Et vous comprenez bien sûr que la pauvre Cendrillon dans son lit, elle n'en a tout à coup rien à faire d'avoir perdu une chaussure et que, citrouille ou pas, elle va laisser la porte du potager grande ouverte ?

Trêve de métaphores champêtres : il a ensuite suffi de quelques SMS pour nous faire sombrer dans le libertinage 2.0. Absolument tout y passa : du type d'épilation à nos positions préférées en passant par ses fantasmes les plus fous. J'écris SES fantasmes à dessein, car pour être honnête, je ne me livrais pas avec la même impudeur et me contentais souvent de pirouetter (et de pivoiner !). Je l'ai déjà dit, sous mes dehors libérés, mon expérience réelle de la gaudriole était des plus limitées. Et pour cause : j'avais épousé mes deux seuls partenaires !

Aurélien m'a retourné la tête en deux coups de cuiller à pot, alternant les phases quasi agressives où il énumérait toutes les parties de mon corps qu'il avait envie de caresser, goûter, lécher ou inspecter (oui, amies féministes, j'aurais eu de quoi balancer du porc !) et des séquences de *moonwalk* savamment dosées où je le retrouvais tendre, drôle et plein d'autodérision. Bref, un parfait savoir-faire, ou plutôt – si j'osais – un impeccable doigté ! J'avais la fréquence cardiaque d'Armstrong à l'alunissage d'Apollo 11 et l'esprit critique de Nabilla. Tout en moi respirait printemps, papillons et arc-en-ciel, et j'étais prête à enfourcher une licorne pour aller le retrouver n'importe où.

Il était 3 h du matin quand il m'en a presque soumis l'idée, me lançant tout à trac :

— Je suis en train de regarder la distance entre Rambouillet et Noirmoutier.

Mon sang n'a fait qu'un tour, la situation glissant soudainement de tout à fait excitante à potentiellement dangereuse. C'était une chose de fantasmer derrière un écran à 300 kilomètres de distance, c'était tout à fait différent d'envisager une rencontre physique, maintenant et surtout après tout ce qu'on venait de se raconter et dont je n'assumerais pas le centième face à lui. Il a dû sentir ma peur derrière mon manque d'empressement et il a habilement rétropédalé, une fois de plus, se réfugiant sournoisement dans la rêverie commune.

— Quel est l'endroit que tu préfères à Noirmoutier ? Décris-le-moi. Que je sois avec toi par la pensée.

Je lui ai parlé de la plage de l'anse Rouge où je ne me lassais pas d'aller flâner. Nous venons en vacances sur la presqu'île avec Clothilde depuis l'été de nos quinze ans, période à laquelle ses parents ont fait l'acquisition d'une jolie résidence secondaire au nord-est de l'île, dans l'ancien quartier de plaisance de la fin du XIXe siècle. J'adore y accompagner mon amie et retrouver le charme suranné des villas des premiers bains de mer. La plage de l'anse Rouge est à une quinzaine de minutes à pied de la maison familiale. C'est une adorable petite crique respirant presque la calanque marseillaise, avec le clin d'œil normand qui va bien : ses cabines de bain à l'ancienne et la célèbre tour Plantier en granit breton qui la surplombe. Les touristes aiment s'y rendre par le Bois de la Chaise, une forêt maritime qui sent bon les différentes espèces de pins et de chênes mêlées et qui débouche à maints endroits sur le littoral. Ce que j'aime, moi, c'est m'y rendre directement par le rivage en grimpant sur les larges rochers dégagés par la marée. Et puis, pousser jusqu'à la plage des Dames, plus large, plus touristique il est vrai, mais ornée d'un vieux ponton en bois qui fend l'océan comme la proue d'un navire pirate. Il servait autrefois de débarcadère pour les bateaux qui traversaient la baie. Cette longue passerelle de bois n'est plus aujourd'hui que le paradis estival des pécheurs et des promeneurs, à l'horizon duquel on aperçoit la baie de Bourgneuf par temps clair.

J'adore m'assoir à son extrémité et m'imaginer seule au monde. Bien sûr, c'est plus facile à faire en hiver, hors période touristique, et tout à fait magique au lever du soleil. Aurélien m'a longuement interrogée sur ce paysage, sur ses couleurs, qui semblaient éveiller l'œil du photographe. Il a ajouté qu'il aimerait beaucoup y prendre des clichés. Il m'a fait promettre d'y aller le lendemain, enfin tout à l'heure, à l'aube, et de lui envoyer des photos de ce point exact dont je lui avais parlé. Être sa dame… au bout de l'estacade consacrée. Ainsi, une part de lui serait un peu avec moi… J'ai trouvé la demande extrêmement romantique (pfft, oublié le passage des allitérations en f et s…) et nous avons coupé là-dessus. Son dernier SMS s'est gravé dans mon cœur :

> Tu me manques déjà...

Pas un mot sur sa femme.

Pas un mot à propos de Roméo.

Pas un remords.

Pas un soupçon.

Et la cruche a mis son réveil à 6 h 30… pour communier spirituellement avec le BMI.

CHAPITRE 15 : LE PETIT PONTON DANS LA PRAIRIE

À la vérité, après cette conversation échevelée, je n'ai presque pas dormi. Et c'est sans mal – car déjà bien éveillée – que je suis sortie du lit à 6 h 30. Je me sentais, étonnamment, fraîche comme un gardon. Bien entendu, rien ne m'obligeait à m'extirper de la chaleur confortable de mon lit pour aller me jeter dans la presque nuit glaciale, si ce n'est la promesse que j'avais faite quelques heures auparavant aux obsédants yeux noirs.

Seules les petites sœurs d'Amélie Poulain peuvent comprendre la valeur du jeu de piste amoureux. Oui, comme la jeune fille à la frange, j'allais moi aussi jouer mon destin sur de petits bouts de photographies, non pas ramassées dans des photomatons mais bel et bien prises au bout d'un ponton !

Je me suis soigneusement emmitouflée pour affronter la température encore hivernale de ce petit matin de mars. Ça ronflait sévère dans la maison, et j'ai pris soin d'être la plus silencieuse possible, renonçant même à me faire un café. Je me suis contentée de griffonner un mot sur la table pour Clothilde : « Suis sortie faire un tour. Je reviens avec le pain ! » Elle me savait régulièrement insomniaque et ne s'inquiéterait pas. Et puis, je serais sans doute revenue avant même qu'elle ne se lève. Il était à peine 7 h.

J'ai jeté un bref coup d'œil dans le miroir avant de sortir. Mes cheveux bruns s'échappaient en bataille d'un bonnet à pompon multicolore tandis que ma doudoune en fausse fourrure beige me donnait la silhouette d'un ours polaire. On se contenterait de photographier le paysage…

Je suis arrivée à la crique de l'anse Rouge une dizaine de minutes plus tard en passant par l'allée des Soupirs – notez l'ironie romantique du détail réaliste ! J'avais marché d'un pas vif, tant pour me réchauffer que par plaisir. Quand j'en ai le courage (et ce jour-là, j'avais des ailes), j'ai toujours savouré ces promenades matinales, le grand air qui vous fouette, la nature qui s'éveille, la luminosité qui change imperceptiblement et le silence surtout, la solitude. Quel bonheur de ne croiser personne, de se sentir presque seule au monde l'espace de quelques minutes !

Après avoir traversé la rive sableuse de l'anse Rouge, j'ai escaladé une jetée de pierre et me suis retrouvée enfin sur la grève des Dames. À ma droite, surplombant le littoral, se dressait la tour Plantier, tandis qu'à ma gauche, tel un ruban de bois blond lancé sur l'étendue bleue, serpentait sur l'eau la construction centenaire que les Noirmoutrins appellent « l'estacade des dames ».

Le jour se levait doucement sur la mer quand j'ai posé un premier pied sur le ponton. Le soleil ne tarderait plus. Bientôt, je pourrais envoyer à François Tavernier les clichés promis. Dormirait-il ? Attendrait-il mon message ? Me répondrait-il immédiatement ? Serait-il sensible à mes efforts romantiques ? J'en étais là de mon questionnement et à peu près à la moitié du ponton quand j'ai soudainement aperçu quelque chose au bout de la jetée. Quelque chose, ou plutôt QUELQU'UN ! Je n'ai pu retenir un mouvement d'humeur. Quel était le connard (ou la connasse !) désœuvré. e qui allait venir me gâcher MON moment ? J'ai continué d'avancer, bien décidée à faire fuir l'importun. e d'une manière ou d'une autre.

Cependant, à mesure que je m'approchais, le doute s'est insinué dans mon esprit (oh, je sais bien que vous, lecteurs vifs et perspicaces, avez déjà saisi…) : *se pourrait-il que… ?* Non, ce n'était pas possible. Je discernais maintenant plus nettement la silhouette, celle d'un homme, assis tout au bord de l'eau.

Mes mains sont devenues moites au fond de mes poches. J'étais maintenant à quelques mètres et envahie par une envie irrépressible de fuir à toutes jambes. Peut-être même aurais-je fait lâchement demi-tour s'il ne s'était pas retourné à ce moment précis.

Foudre, tonnerre, éclair et pamoison : c'était lui !

Et moi, eh bien moi, la seule pensée fulgurante qui m'ait traversé l'esprit à ce moment-là, c'est : « Putain de bordel de merde, je ne suis ni maquillée, ni épilée… et je porte un bonnet à pompon. »

J'ai eu la sensation très nette que le temps, ce petit con, me refaisait le coup des aiguilles bloquées. J'allais rester, pour l'éternité, immobile sur ce pont, enfermée dans un costume de grizzli de carnaval, les joues rouges et la goutte au nez.

J'étais pétrifiée et Aurélien – car c'était bien lui ! – ne m'aidait pas, se contentant de se relever nonchalamment et de me fixer avec la sérénité du fauve qui sait la petite biche acculée. Il portait un large blouson d'aviateur sur un sweat à capuche et ses cheveux me paraissaient plus longs que la dernière fois, lui donnant un air négligé qui lui allait à merveille. Un parfait gredin tout droit sorti d'un épisode d'Eugène Sue, moue moqueuse comprise.

J'ai fini par le rejoindre, tâchant de prendre l'allure la plus décontractée possible, faisant danser les pompons au-dessus de ma tête. *Scarlett O'Hara ne portait-elle pas une robe confectionnée dans des rideaux pour séduire Rhett Butler ?*

J'ai pilé devant lui, les mains toujours crispées sous ma peau de yack. Les buées de nos haleines se rejoignaient presque, comme dans un conte de fées. (Bon, ne m'étant pas brossé les dents avant de partir, j'espérais juste que le philtre magique ne le tuerait pas sur le coup.)

— Je croyais que la chasse était interdite sur le littoral, a-t-il ironisé pour commencer en avançant une main vers ma doudoune extra-large. C'est pas beau de tenter Davy Crockett !

C'est là où t'aurais envie que Poséidon t'envoie un monstre marin pour faire diversion. Pour pallier l'absence du Kraken, il reste… ton grand sens de l'humour…

— C'est pour ça que t'as mis ta veste de trappeur, *boy* ? Tu t'es cru à Fort Alamo ?

— Ouais, j'adore tirer les petits lapins.

— Méfie-toi de ceux cuisinés à la moutarde.

Nous étions toujours l'un en face de l'autre, engoncés dans nos vêtements d'hiver et notre gêne (on s'était quand même envoyé une partie de la nuit plein de SMS avec des mots en « -us »…), quand il m'a pris la main et m'a dit :

— Viens, c'est presque l'heure.

— L'heure de quoi ? (Je n'y étais plus.)

— Du lever de soleil. C'est pas pour ça qu'on est là ?

— Si… bien sûr. Uniquement pour ça.

Il m'a lancé un sourire accélérateur de réchauffement climatique. Tournant la tête, j'ai alors aperçu son appareil photo installé face à la mer, au bout du ponton, sur un trépied. Il déconnait, là ?

— Tu veux dire que tu viens vraiment de faire trois cents bornes, de nuit, pour photographier le lever du soleil sur Noirmoutier ? (Il allait finir par me vexer, à ce rythme-là !)

Il a pris sa voix de crooner avec des yeux tout brillants comme ceux des GIFs de petit chat trop mignon :

— Tu me l'as si bien vendu... N'est-ce pas terriblement romantique de regarder ensemble l'astre diurne émergeant de l'océan ?

Je suis restée interdite un certain temps devant cette poésie échevelée. Étais-je face à la réincarnation de Charles Ingalls ? Allait-il m'inviter à grimper dans son chariot pour aller construire notre maison de rondins de bois dans les prairies du Kansas (avec le chignon, la coiffe et la cuisinière à charbon) ? J'étais prête à enfiler mon tablier de percale blanche lorsque j'ai soudain vu ses lèvres s'étirer en un sourire narquois.

— Les photos, c'est un merveilleux alibi. Panique pas, pom-pom girl, l'appareil est réglé sur la fonction automatique.

Le petit lapin à la moutarde a frémi tandis que le loup retroussait ses babines d'amadou...

CHAPITRE 16 : AU FOND DU BOIS

Plus sérieusement, que pouvait-il donc se passer par ce froid de loup qui m'aurait immédiatement collé les fesses sur le ponton et réduit en deux deux le concombre phallique à l'état d'asperge ratatinée ? (Désolée pour la trivialité, mais oui, ce sont bien ces images-là qui m'ont défilé sous le capot !)

Et puis, et puis… restait la question fondamentale de l'épilation. Demandez à n'importe quelle fille : aucune, je dis bien AUCUNE, n'acceptera jamais de se dénuder une première fois sans être parfaite sur ce point. Je révèle sans doute ici un des plus gros *fakes* de la féminité : dans de bonnes conditions (attirance, romantisme, confort et tout le toutim), une fille qui ne couche pas le premier soir n'est en général ni une prude ni une Princesse de Clèves, simplement une femme qui n'est pas raccord avec son poil ! La démonstration souffre même l'inversion : qui d'entre nous, mesdames, n'a pas utilisé cette ressource interne pour être sûre de ne pas céder à des avances bien tournées ? C'est presque un mantra : *Sûre de ne pas coucher ? Ne sois pas épilée !*

Et tant pis si Simone de Beauvoir se retourne dans sa tombe ! Le deuxième sexe est beau, fier et libre, surtout s'il est imberbe…

En réalité, ma réflexion fut bien plus courte car Aurélien a rapidement pris la direction des opérations, comme il le faisait depuis le début, comme il était dans sa nature de le faire… Il n'avait pas lâché ma main et m'a entraînée au bout du ponton, où il m'a fait asseoir face à la mer.

— La photographie, ce n'est pas une histoire d'appareil. Elle est avant tout dans l'œil de celui qui sait recevoir le paysage et sa lumière.

OK… Pour le moment, la photographie, pour moi, elle était au centre de ma paume brûlante où il me semblait que sa peau s'imprimait à tout jamais.

— Et contrairement à ce qu'on pense, elle est aussi sonore.

Il a sorti son portable et des écouteurs de sa poche, navigué trente secondes sur YouTube avant de choisir un morceau. Il a mis un écouteur dans chacune de nos oreilles avant de passer un bras autour de ma taille.

— Maintenant, on regarde et on écoute.

J'ai spontanément posé ma tête sur son épaule et j'ai glissé dans un pur instant wagnérien. Cet homme était juste un demi-dieu qui commandait aux événements. À l'instant où la voix d'Anohni Hegarty s'est élevée, douce, envoûtante dans mon oreille, le soleil a commencé à apparaître, tremblotant au-dessus de la mer. Je ne connaissais pas alors cette chanson (je l'ai écoutée en boucle depuis), juste le groupe, *Antony and the Johnson*, dont j'avais entendu le tube phare comme tout le monde. Si vous voulez partager un peu des émotions que j'ai ressenties au bout de mon ponton ce matin-là, allez sans plus tarder écouter *Bird Gehrl*, fermez les yeux, imaginez le soleil se lever sur la mer tandis que Rhett Butler en personne vous presse dans ses bras. Et alors, vous saisirez peut-être comment le monde entier, votre famille, votre culpabilité lancinante, votre esprit critique, vos méfiances, votre éducation, vos poils… peuvent tout à coup s'effacer.

Bird Gehrl : j'étais cette fille-oiseau en apesanteur. J'aurais pu sauter de n'importe quelle falaise…

— Ce qui est exactement la définition… du suicide, m'a *électrochoquée* Madame Freud quand j'ai commencé à lui raconter cet épisode fantasmatique, bien installée dans le divan.

Pardon ? ai-je lâché.

Combat terminé par KO. Les rêves et la fille écrabouillés au bas du ravin psychanalytique.

Bien sûr, derrière la douche froide freudienne, c'est difficile ensuite de s'emballer devant madame Rationnalisante. Il n'en est pas de même avec vous, mes lecteurs. trices qui savez bien que l'enfer est pavé d'instants bisounours dont on aime se repaître au moment où tout part en sucette...

Donc, oui, je puis vous l'affirmer : j'ai connu un moment d'une intensité toute cinématographique, le genre de moment qu'on est heureux d'avoir vécu une fois dans son existence avant de devenir ridée, cynique, incontinente ou... de s'exploser du haut d'une falaise.

Nous sommes restés assis dans le froid, serrés l'un contre l'autre à regarder ce spectacle quotidien du lever de soleil qui m'apparaissait pourtant nimbé de toute la magie d'une première fois. Avec la musique envoûtante dans une oreille et la joue barbue de mon compagnon contre l'autre, je flottais dans un océan de pure extase, proche du nirvana, n'en déplaise aux vicelards qui attendent désespérément la scène de l'effeuillage...

Puis, la musique s'est éteinte. De l'autre côté du pont, un pêcheur matinal se dirigeait vers nous avec son arsenal de mort. Il était temps de partir : pour où ? Vers quoi ?

— Tu as l'air frigorifiée, petit lapin, m'a-t-il dit en me touchant le bout du nez.

J'avais complètement oublié la température, tant mon âme se sentait fiévreuse.

— Pas du tout. D'ailleurs, je me demandais si je n'allais pas faire trempette.

Il a penché la tête sur le côté et m'a regardée en souriant.

— Tu veux faire redescendre la température ?

Il a attrapé une mèche de mes cheveux s'échappant du bonnet et s'est approché dangereusement.

— Je connais un autre moyen.

Petit lapin a senti le feu sous le poêle (pas « le poil » ! Arrêtez de tout mélanger, s'il vous plaît) et a tressailli du pompon. Et quoi ? Tata Blanche avait aussi un appartement à Noirmoutier ? Cela devenait flippant ! Attention, monsieur le loup, trop de préméditation rend méfiant le chaperon ! Le savoir-faire de mon prédateur tenait cependant du génie.

— J'ai une thermos de café dans la voiture. Ça te dit ? On jouera aux ados.

— Je te suis. (Ça voulait dire quoi « jouer aux ados » ? Se raconter des blagues Carambar ou s'essayer au touche-pipi ?)

Nous avons ramassé son matériel photo sous l'œil jubilatoire du pêcheur qui nous avait rejoints et qui pensait sans doute nous faire fuir ; puis, nous avons marché quelques minutes en silence jusqu'au parking de la plage, seulement accompagné par les cris des mouettes qui commençaient à faire des ronds dans le ciel pour saluer le jour naissant. Nous ne nous touchions pas, mais sa proximité était électrique. J'avais le ventre noué, autant de crainte que de désir. Jamais je ne m'étais sentie autant attirée, aimantée, par un homme. Cela dépassait toute logique et raison, appartenait à la matière dont sont tissés les rêves… et la littérature.

— Nous y sommes, m'a-t-il dit en déverrouillant sa voiture.

Je ne sais pas pourquoi, je m'attendais à un modèle sportif ou à un gros gabarit type SUV. (Il faut croire que les préjugés culturels sur la taille ont la vie dure…) Or, je n'ai pu m'empêcher de rire devant le suppositoire d'autobus garé sur un morceau de place : une Mini ou une Fiat 500, un truc de deux places dans ce goût-là, conçu pour des culs-de-jatte ou des Lilliputiens, où il était absolument inenvisageable – à mon grand soulagement – de faire une quelconque galipette.

— Tu rentres dans ce pot de yaourt ? me suis-je esclaffée.

— Disons que mes années d'entraînement aux autos-tamponneuses m'ont été plutôt utiles… Mais je suppose qu'on ne peut pas aller chez toi ?

— Effectivement, ça me paraît compliqué.

— Qu'est-ce que tu as dit pour ce matin ?

— Rien, tout le monde dormait encore. Je reviendrai avec une baguette. Et… toi ?

Je m'étais adossée à son dé à coudre et croisais les bras en mode « interrogatoire ». La question me brûlait les lèvres depuis le début. Je ne lui demandais pas de me raconter sa *life* avec Bobonne, mais quand même de m'expliquer un peu comment ce genre de délire était possible. C'était une chose de sortir marcher à 7 h du mat en bord de mer pendant ses vacances entre filles, ç'en était une autre de quitter son domicile, sa femme et ses deux gosses en pleine nuit pour… pour quoi, au fait ? Et puis, où elle était, madame BMI, tandis que son mec me contait fleurette entre minuit et 3 h ? Ils ne dormaient donc pas ensemble ?

— J'aime travailler de nuit ou avec le début du jour. Je me définis davantage comme un chercheur de lumière qu'un photographe. Ma femme a l'habitude que je fasse des bornes pour un beau projet, pour l'espoir d'une photo unique, pour la lubie d'un lever de soleil quelque part…

— …ou pour rencontrer une fille avec qui t'as parlé de cul toute la nuit ?

Voilà, j'avais mis les pieds dans le plat et j'étais prête pour massacrer le crumble. Ma soudaine sincérité m'a surprise moi-même. Qu'est-ce qui me prenait tout à coup ? N'étais-je pas prête, l'instant d'avant encore, à faire des cabrioles dans sa voiture malgré ma pilosité sauvage et mes pompons fuchsia ?

Il a souri tristement.

— C'est ça que tu crois ? Tu penses que je suis coutumier du fait ?

— Je constate surtout que tu maîtrises le procédé. Je m'interroge. C'est légitime, non ?

— Et toi ? Tu rappelles souvent les types qui te glissent leur numéro de téléphone dans le noir ?

On y venait. Le ton s'était teinté d'agressivité. Les ados romantiques avaient enfilé les gants de boxe et se tenaient face à face sur le ring. (Mais quelle espèce de petit salopard, tout de même, de retourner la situation à son avantage ! J'avais envie de gifler sa bien trop belle gueule de gredin.)

— Figure-toi que c'est la première fois que je suis victime de ce genre de comportement.

— Victime ?

Je me suis mordu la langue. Putain, j'étais en train de tout foutre par terre ! Le type le plus beau de la Terre, sur lequel j'avais craqué à la seconde où je l'avais vu, le dieu vivant du sexe et de l'intelligence incarnés, venait de faire trois cents bornes de nuit pour me rejoindre, et moi, j'allais lui chercher des poux au moment même où je m'approchais du Saint Graal ?

Je l'ai vu hésiter un court instant, partagé entre l'envie de m'envoyer une remarque bien cinglante – que je n'aurais pas volée – et celle de rattraper le coup. Mais j'avais déjà bien trop peur de le perdre et j'ai tendu la main vers sa joue, que j'ai maladroitement caressée.

— Excuse-moi, ce n'est pas ce que je voulais dire. En ce qui me concerne, c'est la première fois que… je fais un truc comme ça. Je ne suis pas hyper à l'aise. Et… j'ai peur que… enfin… tu vois, quoi ?

Que Cicéron ou autre champion de l'éloquence vienne à mon secours, bordel, avant que je ne me ridiculise encore un petit peu plus !

Étrangement, mon accès de spontanéité a néanmoins suffi à désamorcer la situation devenue électrique. Il a juste tourné sa bouche vers ma main restée sur sa joue et l'a embrassée longuement, envoyant littéralement mon cœur faire du yoyo dans toute ma cage thoracique tandis que se liquéfiait mon hypothalamus.

— Je sais de quoi ça a l'air, pom-pom girl. Et tout ce que je pourrais te dire n'y changerait rien. Il n'y a que toi qui peux décider si tu as envie de me faire confiance.

Il avait enserré ma main entre les deux siennes, réitérant l'enchantement du premier soir au théâtre, et il me dominait de toute sa hauteur, me plaquant littéralement contre la minivoiture. Ses yeux noirs en fusion étaient plantés dans les miens, dévorants, exclusifs, pressants.

Température extérieure : 2°

Température intérieure : 42°

Neurones : gelés

CHAPITRE 17 : « ANNE, MA SŒUR ANNE, NE VOIS-TU RIEN VENIR ?[7] »

Et ainsi, il n'a répondu à aucune de vos interrogations, qu'elle a dit madame Livre-rouge-de-Jung-à-la-la-place-du-cœur.

La version de Clothilde sera plus proche du : « Mais il se fout vraiment de ta gueule ! »

— Quel type ferait sans hésiter trois cents bornes en pleine nuit, avec l'alibi qui va bien, sans un soupçon de crainte, s'il n'était pas rodé à l'affaire ?

— Et le romantisme ? Et le coup de foudre ? L'amour fou ? Et Richard Gere sur sa limousine… ?

Je défendais mon petit bonheur avec désespoir.

— Chloë, on n'est pas dans un roman ou dans une comédie romantique ! Ce genre de choses n'arrive JAMAIS dans la vraie vie ! Et puis… excuse-moi pour Richard Gere, mais sa Pretty Woman, c'est quand même… une pute.

Là, j'ai bien cru que nous allions nous fâcher.

Et vous, chers lecteur. trice. s romantiques et pleins de bienveillance, qu'en pensez-vous ? Comment ? Il vous faut plus de matière pour juger ? Je devine que vous tentez de me soudoyer pour m'extorquer la suite du récit. Soit, c'est votre rôle après tout…

Sans doute Aurélien m'avait-il menée à l'exact endroit où il voulait : dos au mur – enfin à sa voiture. Si je lui répondais : « Désolée, gros, j'ai pas confiance », il remontait dans le pot de yaourt et s'évanouissait dans le soleil levant comme un

---

7. Célèbre adjuration issue du conte *La Barbe bleue* de Charles Perrault, paru avec *Les Contes de ma mère l'Oye* en 1697.

poor lonesome cowboy. Si je continuais sur la route de la foi, il fallait accepter de cheminer jusqu'au calvaire.

C'est à ce moment-là, je crois, que j'ai abdiqué. Je boirais le calice jusqu'à la lie, comme tant d'autres (cruches) avant moi. J'ai planté mes yeux dans les siens et j'ai énoncé bien clairement les petits mots qui allaient me condamner :

— Je te crois.

Et là… son portable a sonné. Je l'ai vu perdre de sa superbe une seconde puis j'ai eu droit à un « désolé, je dois décrocher ». Enfer et damnation, c'était ELLE ! Il s'est éloigné, et je l'ai entendu énumérer quelques vagues explications sur une insomnie, l'obsession d'une photo. Oui, il était assez loin. Il serait de retour dans la matinée, *oui, chérie*. Mais non, il n'avait pas oublié le rendez-vous de Mathis chez le médecin. Bien sûr, il serait là. Oui, oui, lui aussi… LUI AUSSI QUOI, BORDEL DE MERDE ?

Il est revenu vers moi, l'air un peu piteux, ce qui était déjà une amélioration : était-il lui aussi en proie à un minimum de culpabilité judéo-chrétienne ou bien n'y a-t-il résolument que les femmes pour se flageller avec ces principes ? Il a ouvert la porte de sa voiture.

— Alors, on le prend ce café ? La route du retour va être longue.

La magie avait disparu.

J'ai réussi à me caler dans la voiturette et je l'ai regardé faire de même avec admiration : un si grand corps logeant dans un si petit réceptacle, cela tenait du miracle. Un peu comme en amour, en fait. Il m'a servi une tasse de café en silence. Encore chaud, très fort, le liquide m'a fait un bien fou. Et puis, cela m'a occupé, les mains, l'esprit, la bouche… Je ne savais plus quoi dire. Fort heureusement, c'est lui qui s'est jeté à l'eau, pour une fois.

— C'est un peu moche, hein ?

— Tu veux parler de mon bonnet ou de ma doudoune ?

J'essayais de faire de l'humour, comme à chaque fois que je me sens gênée ou émue. Il ne s'est pas laissé distraire.

— Parler à sa femme tandis que sa maîtresse est à côté. C'est glauque, non ?

J'ai accusé le coup. Sa maîtresse ? Il allait un peu vite en besogne, mais la simple évocation du mot me faisait frémir de plaisir. Ne plus faire comme si tout était normal : aussi.

— Techniquement, je ne suis pas ta maîtresse.

— Si ça te rassure de le dire.

Il avait raison, bien sûr. Est-ce que cliquer, c'est tromper ? Est-ce que parler cul toute la nuit avec quelqu'un d'autre que son conjoint, c'est anodin ? Est-ce que penser toujours, toujours à quelqu'un d'autre n'est pas la pire des infidélités ? Je finissais par me convaincre que le *one shot* était plus sain. Physique certes, mais dénué de racines, sans implications ni conséquences. L'ancestral raisonnement masculin, en somme.

— Mon mariage n'est pas des plus épanouis, a-t-il poursuivi. Peut-être juste comme tout le monde. Est-ce qu'au bout d'un certain temps il n'est pas naturel de finir par se lasser, n'est-ce pas dans l'ordre des choses ?

— Et si c'était simplement parce qu'on n'a pas rencontré la bonne personne ? ai-je tenté.

— Tu adhères vraiment à ce pensum, toi ? Regarde autour de toi : tu vois beaucoup de couples épanouis, heureux, amoureux après dix ans de vie commune ?

Il marquait un point. Je pensais à Clothilde, à la plupart de mes amies, à ma propre mère. Même la prude Adèle partait en vrille, à en croire mon frère Boris.

— Mon entourage n'est pas tout à fait un exemple de normalité.

— Que tu crois, petit lapin.

— Qu'est-ce que tu essaies de me dire ? Que *les histoires d'amour finissent mal en général…* ?

— Que les histoires d'amour finissent. Tout court.

Il m'a fait son regard 100 % cacao et il a ajouté :

— J'aimerais que tu t'en souviennes.

Un méchant petit frisson m'a parcouru la nuque. C'était une mise en garde, ou je n'y connaissais rien. Pas la peine d'extrapoler pourtant, la suite a été suffisamment explicite.

— Je ne quitterai jamais ma femme pour mener une autre jusqu'au même point de rupture. Mes enfants sont ma priorité. Et quand ce sera fini, je ne veux pas de larmes.

Il m'aurait jetée tout habillée dans l'océan glacé que l'effet n'aurait pas été plus saisissant. Décidemment, il ne maniait comme personne la douche écossaise. Ça avait le mérite d'être clair, et quelque part, plutôt rassurant. C'était à n'en pas douter un salaud, mais un salaud précautionneux qui ne me créerait pas d'emmerdes délibérément. J'ai choisi de jouer la carte de l'indifférence :

— Ça me va. Je n'ai aucune intention d'envoyer valser mon couple pour un type que je ne connais pas.

(Tu le vois, le nez qui s'allonge, là ?) Je l'ai dévisagé avec un petit air de défi. Moi aussi, je pouvais jouer au yoyo sentimental. Il voulait de la maîtresse *funny* et détachée pour faire contrepoids à Bobonne ? Je pouvais faire. Et jamais, jamais je ne verserais une larme pour ce mec !

Son expression est restée indéchiffrable : était-il soulagé ou désarçonné ? Je n'aurais su le dire. Son sourire s'est peu à peu élargi.

— Eh bien, on peut dire que c'est tendu, ce matin.

La perche – si je puis dire – était trop belle. Il voulait du léger ? Il allait être servi…

— Tu veux dire : autant que cette nuit ?

Je pense qu'il a failli ronronner.

— Tu as tout compris, ma belle. Mais je crains que les choses restent… *en l'état* vu le timing quelque peu serré…

— C'est surtout dans ta voiture qu'on est serrés, Davy Crockett.

— La prochaine fois, promis, je viens en bus.

Il a approché son visage du mien pour me donner enfin ce baiser fantasmé de cinéma, attendu, à cet endroit de l'histoire presque évident, mais… je me suis reculée. Ça faisait un peu trop pour moi ce matin. Tout à coup, j'étouffais dans l'habitacle. J'avais besoin d'air, je me sentais nauséeuse. Peut-être qu'il avait raison après tout, qu'il n'y avait rien là que du très moche. Je voulais rentrer chez Clothilde, voir mon amie, serrer ma fille dans mes bras et reprendre le cours tranquille de ma vie. Exit le BMI !

— Je crois que je vais y aller, *boy*. Tu as de la route et moi… je dois passer à la boulangerie.

Sans attendre sa réaction, je suis sortie de la voiture. L'air froid m'a fouetté le visage et remis les idées en place. Il m'a rejointe aussitôt.

— Tu es vraiment un drôle de petit lapin.

— Il faut croire qu'on ne tire pas tous les gibiers avec la même facilité.

— Ça me plaît assez.

Ses prunelles irradiaient de férocité.

— Je suis un homme, par définition, j'aime la chasse.

En disant cela, mon dieu qu'il était beau, ce connard ! Le désir me reprit aussi subitement qu'il m'avait quitté. J'aurais pu me jeter sur lui et lui clouer le bec de baisers. Heureusement, un vieux fond d'amour-propre et surtout mon manque d'expérience patent m'ont retenue. Je suis restée digne – enfin, autant qu'on peut l'être en costume de grizzli.

— Tu ne veux pas que je te dépose quelque part ?

— Non merci, je vais marcher.

— D'accord.

Il était face à moi et me regardait avec curiosité. J'avais l'impression d'être un insecte coincé sous l'objectif de son microscope. Et là, contre toute attente, il s'est approché tout près de moi et m'a serrée très fort contre lui. Je l'ai entendu me chuchoter à l'oreille :

— Quand on court après la lumière, il arrive parfois qu'on croise le chemin d'une étoile.

Les yeux ont commencé à me piquer. (Oui, oui, inutile de me rappeler ce que j'ai dit plus haut. Tout le monde a compris que je n'ai aucune volonté...) Puis, il s'est détaché de moi et a déposé un adorable baiser sur le bout de mon nez (sans doute tout rouge...).

— À bientôt, Chloë jolie.

Avant d'entrer dans sa voiture, il m'a lancé, les yeux rieurs :

— Avec un peu de chance, j'aurai peut-être de belles photos !

— J'ai mesuré tout le soin que tu mettais au cadrage, ai-je gloussé.

— N'est-ce pas ?

Le moteur avait déjà démarré quand il m'a ajouté par la fenêtre baissée :

— Au fait, j'attends toujours ton brouillon de roman graphique.

— T'es sérieux, là ?

— On ne peut plus ! Le mois prochain, il y a un salon à Paris où nous pourrions présenter le projet. On s'appelle ?

Et il est parti en trombe, le rire satanique légèrement compensé par le bruit ridicule d'une Smart au galop.

— Il a vraiment dit ça ? s'est esclaffée Clothilde à la fin de mon récit fidèle des événements.

Nous étions toutes les deux installées dans la cuisine devant le monceau de viennoiseries rapportées de mon épopée matinale. La découverte de mon aventure avait fait son petit effet.

— Pour le roman graphique ?

— Non ! Le coup de l'étoile !

— Voui... C'est mignon, non... ?

— Mais c'est pas vrai que tu tombes dans ce panneau ! La prochaine fois, il te sortira que ton père est un voleur...

— Ça va, madame Je-couche-pour-un-Chablis-grand-cru !

Nous avons ri entre deux bouchées de pain au chocolat.

— Oh punaise : Jérémy ! Je l'avais presque oublié, lui ! Il n'a pas appelé de la semaine, figure-toi, même pas pour prendre des nouvelles de Clara ! Il a dû se faire une raison, le pauvre petit. Ils finissent tous par s'en faire une, va ! Même ceux qui t'embobinent avec des histoires d'étoiles...

Bref, vous connaissez le proverbe biblique (un peu de religion ne nous fera pas de mal derrière tout ça !) qui parle de la paille dans l'œil du voisin et de la poutre dans le tien. Clothilde n'était hélas pas toujours au top de la prévoyance la concernant... ce que nous découvririons bien vite en rentrant à Tours le lendemain.

CHAPITRE 18 : UN MALHEUR N'ARRIVANT JAMAIS SEUL...

Dimanche soir, 18 h : j'ai serré le frein à main devant chez Clothilde.

Nous avions pleinement profité de nos deux derniers jours à Noirmoutier, froids mais ensoleillés et surtout, joyeux, insouciants. Nos filles s'en étaient donné à cœur joie et avaient vidé leurs forces enfantines dans le jeu, les rires et les balades au grand air. Résultat ? Elles ont pioncé tout le chemin du retour, ce qui nous a permis de finir en beauté notre séjour par une discussion à bâtons rompus, sans logiciel espion de 6 ans, ni interruptions intempestives du genre « j'ai faim », « j'ai envie de faire de pipi », « on est bientôt arrivées ? ».

Les deux petites brunes ouvraient à présent des yeux encore noyés de sommeil, indifférentes à leurs mères déjà au taquet de l'intendance : *On met son manteau ! Où sont tes chaussures ? Ramassez les papiers de gâteaux ! Chacune est responsable de son doudou.* (Je crois que toute mère a été commandant d'un bataillon d'infanterie dans une autre vie...)

Nos petits lutins se sont mis à rassembler laborieusement leurs affaires à grands renforts de bâillements et de pieds traînés, pendant que j'aidais Clothilde à sortir ses valises du coffre pour les déposer au pied de son immeuble.

— Héloïse, ai-je braillé, reste dans la voiture cinq minutes, le temps que je file un coup de main à Taty Clo pour monter ses sacs à l'étage !

— Nan, je veux venir !

Évidemment...

Bref, quelques minutes plus tard, les bagages étaient sur le palier et Clothilde ouvrait la porte de son appartement. Là, gisant sur le sol du couloir d'entrée, il y avait… une lettre !

J'ai ricané :

— Tiens, tiens, on reçoit des mots doux glissés sous la porte !

Étonnée, mon amie a commencé à décacheter la missive et nos filles sont parties en courant se réfugier dans la chambre de Clara… Il allait encore me falloir une plombe pour en déloger Héloïse.

— Bon, alors ? C'est l'huissier ou un admirateur anonyme ?

— Un peu des deux…

— C'est-à-dire ?

Ma curiosité était piquée !

— Jérémy…

— Oh celui-là… il a effectivement une âme d'huissier mais il est hélas très peu anonyme !

— Tu ne crois pas si bien dire ! Il ne manque pas de culot, tout de même.

— Fais voir !

Elle m'a tendu la feuille barrée de l'écriture large de l'autre beatnik.

Ma chérie,

Cette nuit dernière passée ensemble était tellement exceptionnelle. Sache que je regrette de m'être emporté contre ton amie et d'avoir ainsi tout gâché. (Tu sais à quel point Chloë et moi sommes aux antipodes… Ça n'a pas changé.)

J'ai réfléchi.

Pour tenter de me rattraper, je te propose de partir quelques jours tous les deux. Offrons-nous une vraie seconde chance : toi, moi, dans un cadre idyllique, hôtel, spa, restaurant, tout le tralala. Donne-moi tes disponibilités, je t'emmène où tu voudras.

Un non n'est pas admissible…

Je t'aime toujours.

(J'ai réussi à vendre la Clio : cet argent est pour nous, pour toi, pour ce week-end en amoureux.)

— Je ne suis pas sûre de comprendre : il t'invite pour un séjour grand luxe…

— … avec l'argent de MA voiture que je lui ai laissée pour dépanner et qui devait partiellement rembourser la somme QU'IL ME DOIT.

— C'est bien ce que je pensais…

— Vraiment, il ne manque pas d'air !

Je savais que Jérémy ne payait pas l'ombre d'une pension alimentaire et s'occupait de sa fille de façon très aléatoire, lorsqu'il en avait le temps, l'envie et les moyens… À leur séparation, Clothilde lui avait laissé l'un des deux véhicules du couple (qu'elle avait financés), sous réserve qu'il le lui rachète quand il pourrait ou qu'il lui verse l'argent de la vente s'il s'en séparait, ce qu'il venait de faire apparemment !

— Il a peut-être juste envie de vacances ?

— Eh bien, il ne se les paiera pas encore aux frais de la princesse !

— Princesse qu'il souhaite niquer… en sus !

— Ouais… Je me demande vraiment comment j'ai pu rester aussi longtemps avec un parasite pareil !

— Et comment tu as pu re-craquer il y a quinze jours ?!

— M'en parle pas ! J'aurais mieux fait de m'exciser avec un couteau rouillé !

Malgré son trait d'humour, je voyais la contrariété envahir le visage de mon amie et j'ai tenté de la rassurer comme j'ai pu.

— Que veux-tu, il tente, le gars… C'est de bonne guerre. Sois ferme, dis-lui que tu veux récupérer ton fric, que tu en as besoin pour… pallier son désengagement parental, par exemple ?

— Mouais… Le connaissant, je doute que ce soit aussi simple.

Comme ça ne l'a pas été de récupérer Héloïse, cachée dans l'armoire de la chambre de Clara, ensevelie sous les vêtements, ayant perdu ses chaussures, puis envie de pisser, puis perdu sa poupée, puis faim…

Quand je suis enfin parvenue à quitter l'appartement de Clo, il était 19 h passées. Assise dans la voiture, j'ai envoyé un rapide message à Roméo pour le prévenir de notre arrivée, certes retardée, mais maintenant imminente – nous habitons à une quinzaine de kilomètres à l'ouest de Tours, dans un petit bourg limitrophe. Mon portable a vibré en retour comme je démarrais.

> Chouette, nous en sommes à l'apéro !

Nous ? C'est pas vrai qu'il m'avait invité du monde ! J'avais envie de tout sauf de me taper ses copains du foot, ou pire, ses collègues de travail ennuyeux à périr.

J'ai pris une grande inspiration et balancé le portable dans la boîte à gants. Une fois n'était pas coutume, je serais un exemple de stoïcisme féminin, une *mater dolorosa* du foyer ! Dans l'espoir sans doute que cela compense devant l'Éternel mes petits pas de côté matrimoniaux… J'avais surtout au fond du cœur le sourire à se damner d'Aurélien, ses yeux envoûtants, ses dernières paroles, et ce petit soleil intérieur brûlait tout le reste dans un grand feu de je-m'en-foutisme.

C'était compter sans la destinée, cette parque vicelarde qui te remet régulièrement la tête dans le purin. Ainsi, quand j'ai déboulé devant ma paisible maison de presque campagne (bien trop brillamment éclairée !), y avait-il dans la cour deux voitures, dont… CELLE DE MA MÈRE ! Ma conscience grise a fait du hula hoop. Ma foi enfantine en son omnipotence est revenue instantanément : Véra savait tout, voyait tout, tenait dans sa main la balance de la justice (et le marteau qui va avec !). J'allais être foudroyée ou transformée en statue de sel comme la femme de Loth à peine aurais-je passé le seuil.

— Tiens, c'est la voiture de *babouchka*, a ponctué la petite voix joyeuse de Héloïse, enterrant définitivement tout espoir d'erreur.

Les vacances étaient bel et bien terminées.

Quand j'ai ouvert la porte donnant sur le salon, je les ai tous vus attablés autour de verres et de cadavres de paquets de chips : ma mère, Roméo, Boris et les enfants. Mon premier regard (tout à fait venimeux) a été pour Roméo : c'était une vengeance en bonne et due forme ou simplement une attaque de démence passagère ? Il a haussé les épaules, témoignant son impuissance (et son ignorance… bon signe donc !). Ce qui se passait chez moi ce soir-là avait l'air de le dépasser.

Bien sûr, la tornade Véra m'a évité de réfléchir longtemps ou de poser une quelconque question…

— Mes chériiiiies ! On vous attendait bien plus tôt !

J'ai ravalé un « Ah bon ? Parce que moi je ne vous attendais pas », remplacé par un marshmallow du genre « Du monde sur la route ». Je me suis ensuite affalée sur une chaise avec un (très) long soupir intérieur et j'ai attendu que le feu grégeois me consume.

— Évidemment, tu n'es jââââmais là quand il se passe quelque chose ! a-t-elle immédiatement surenchéri, déjà diablement excitée.

— Je ne suis pas devin, maman. Je ne savais pas *qu'il se passait quelque chose.*

— Comment, *tu ne savais pas ?* Boris ne t'a pas téléphoné la semaine dernière ? Hein, Boris ? Tu n'as pas téléphoné à ta sœur, vendredi dernier, pour l'appeler à l'aide ?

— Euh… il ne m'a pas vraiment appelé à…

— Il ne t'a pas appelée ? (Notez au passage la très belle technique de la montée en tension parfaitement maîtrisée par ma mère : répéter ce que l'autre vous dit avec un point d'interrogation ou une nuance d'ironie. En trois rounds, le combat est salement engagé…) Mon gendre, vous étiez là : Boris n'a pas appelé sa sœur, peut-être ?

— Oui, Véra. Ce que veut dire Chloë…

— Je sais trèèèèès bien *ce que veut dire Chloë*, inutile de prendre sa défense, comme toujours !

— Je suis son mari… C'est un peu le principe.

— Vous êtes son mari, vous faites bien de le rappeler, pas un paiiiillasson sur lequel elle marche allègrement dès qu'elle en a l'occasion !

Quel épisode avais-je encore loupé ? À quel moment ça avait dérapé ? Et surtout : combien de verres de vodka Véra avait-elle bu ?

— Maman, calme-toi, s'est interposé Boris. Chloë n'a pas à être tenue pour responsable de quoi que ce soit. Elle n'était même pas là…

— *Elle n'était pas là !* C'est bien ce que je disais, s'est débattue la tornade ukrainienne.

— Et puis, maman, il y a les enfants, alors s'il te plaît, assieds-toi et calme-toi.

— Oui, oui, c'est vrai. Mes petits loukoums chériiiiis. Excuse-moi, Boris. Il faut toujours que la nonchalance de ta sœur me fasse monter dans les tours.

Et paf, que je me prenne un crochet au passage…

— Je n'ai pas dû articuler plus de dix mots depuis que je suis rentrée, mam…

— Exactement ! Est-ce que ce n'est pas ce que je diiiis ? Est-ce que ce n'est pas ça, la définition de la nonchalance ? Boris, est-ce que « être nonchalant », ce n'est pas ça ? À quoi ça sert de lire tous ces livres si tu ne connais même pas le sens des mots, je demande !

Un jour, elle me rendrait folle ou sourde ou psychopathe, c'est clair. Mais pas ce soir. Pas après cette semaine de rêve à Noirmoutier, pas après les « heures Aurélien », pas avec tous ces mots doux dans ma tête et mon téléphone.

J'ai attrapé le bras de Boris et hurlé à la cantonade :

— Les enfants, c'est maintenant qu'on mange et c'est dans la cuisine !

Peu habituée à des pics d'adrénaline soudains de ma part, ma mère m'a regardée avec étonnement :

— Mais enfin, chériiiiie, qu'est-ce qui te prend ?

— Il me prend qu'on vient de se taper plusieurs heures de route, que les mômes doivent avoir faim et surtout – *surtout* – qu'ils n'ont pas à être témoins de tes crises d'hystérie.

— *Mes crises d'hystérie ?*

Elle allait remettre ça. Mes yeux l'ont foudroyée (et je vous jure qu'ils ont distinctement articulé : « Maman, ta gueule ! ») mais ma bouche est restée close tandis que je flanquais sans ménagement tout le monde dans la cuisine, abandonnant Véra à Roméo. Après tout, même si je ne comprenais pas encore l'enchaînement des événements, c'est lui qui avait autorisé ce traquenard : il n'avait qu'à assumer !

Quand la porte s'est refermée sur nous six, Boris, moi, les mioches, je me suis à moitié jetée à la gorge de mon frère :

— Putain, Boris, c'est quoi ce merdier ?

— Je suis désolée, Chloë, les choses m'ont quelque peu échappé.

— Tu vas m'expliquer ça…

Puis, je me suis retournée vers Anna, l'aînée des enfants de Boris, et lui ai transmis des directives simples : des histoires de jambon et de surimi dans le frigo, d'assiettes, de verres et de couverts. On ferait diététique et pédagogique un autre jour ! Ensuite, je me suis enfermée dans l'arrière-cuisine avec mon frère, au risque d'y rester bloquée par son ventre et sa barbe.

— C'est quoi cette histoire rocambolesque ? Et depuis quand on mêle Véra au drame ? Tu veux déclencher une guerre nucléaire ou quoi ?

— Je te l'ai dit, c'est une suite de circonstances que je n'ai pas maîtrisées.

— C'est Véra et moi dans la même pièce qu'on ne maîtrise pas ! Cinq minutes que je suis rentrée, et c'est déjà Beyrouth !

J'ai jeté un œil dans la cuisine. Héloïse et Gabin étaient en train de se mettre des bâtons de surimi dans les oreilles pendant qu'Anna cherchait à empêcher Bilal de partager sa tranche de jambon avec le chat.

— Adèle ne peut pas gérer les gosses deux minutes, le temps qu'on discute ?

C'est alors que la révélation est tombée du ciel : *Adèle n'était pas là !* Voilà où était le problème !

Au moment où je lisais le désarroi – et la vérité – sur le visage de mon frère, mon téléphone vibrait de toutes ses forces… loin, loin, au fond de la boîte à gants, dans la voiture où je l'avais oublié.

Parfois, dans la vie, tout se casse la gueule au même moment.

CHAPITRE 19 : QUI VIVRA « VÉRA » ET AUTRES PETITS ENNUIS...

— Adèle t'a plaqué, c'est ça !

— J'en sais rien. Toujours est-il que ça s'est bien dégradé depuis notre échange de la semaine dernière. Elle est rentrée tard tous les soirs, elle...

— Mais pourquoi tu ne m'as pas rappelée, bordel ?

— T'étais en vacances, je voulais pas t'emmerder avec ça.

— Alors tu as trouvé opportun d'appeler maman ?

— Je ne l'ai pas appelée, évidemment ! C'est bien pire que ça...

— Tu me fais peur, là.

— Elle a débarqué chez moi cet après-midi en clamant qu'elle avait croisé Adèle avec un homme à l'heure où elle était censée être au boulot.

— Elle m'a fait le même coup au dernier repas, je te signale ! Maman compense d'avoir été aveugle à son propre cocufiage en débusquant l'infidélité du monde entier.

— Il n'empêche qu'Adèle est rentrée sur ces entrefaites... et qu'elle n'a pas nié.

— Parce que maman l'a accusée en direct live ?

— Oui... Ça a été horrible.

J'avais presque de la peine pour elle. N'empêche, cela n'expliquait pas...

— Comment vous avez tous fini ici ?

— Adèle a débité des horreurs sur notre famille.

Je pouvais la comprendre, la pauvre biche.

— Et tout à coup, a continué Boris (avec un léger soupçon d'agressivité), elle a dit que la seule qui était normale là-dedans et qui pouvait la comprendre, c'était toi ! Ensuite, elle est partie.

Outre que j'étais sidérée par un tel retournement de situation *(moi et le pot de fleur dans le même camp ?)*, je commençais à entrevoir la logique pernicieuse de Véra. Si Adèle parlait de moi en bien, si elle prenait ma défense – Adèle, l'infidèle et la traîtresse – alors forcément, c'est que j'étais coupable ! Au mieux, je savais des choses. On ne m'attendait pas pour recueillir mes avis éclairés, mais pour me cuisiner ou m'accuser. Je ne pouvais pas en vouloir à Boris. Je connaissais bien Véra et sa façon de profiter des faiblesses des autres, en particulier de ses enfants, pour prendre la direction des opérations.

— OK, j'ai compris. Tu peux gérer les gosses quelques minutes ? Je vais tâcher de calmer le brasero ukrainien. Je doute que la situation ait besoin de ses lumières incandescentes…

Boris m'a rattrapée un instant par le bras.

— Je suis désolée, Chloë.

— Pas autant que moi.

Et, m'armant de courage, j'ai traversé le champ de bataille de surimis pour rejoindre… le général de l'Armée rouge.

Elle était en train de débiter je ne sais quelle théorie fumeuse à Roméo, dont la résignation évidente m'a exaspérée. Pour un peu, ma colère aurait pu changer de cible. Heureusement, j'avais encore une once de bon sens. Nous n'avions pas besoin d'une autre scène de couple à servir en pâture aux ongles roses de la diva slave.

— Maman, s'il te plaît, tu vas te calmer et arrêter d'affoler la planète. Boris vient de me raconter brièvement les faits. Je pense qu'il a besoin de calme et de réflexion, pas d'un ouragan de suppositions douteuses…

— Je ne *suppose* rien. Il t'a dit que je l'avais vue ?

— Tu as vu quoi, exactement, maman ? Adèle avec un homme ? Et alors ? On est en 2019 ! Tu es quand même au courant que les femmes sont libres de leurs mouvements et de leurs amitiés, sans risquer une arrestation par le KGB ?

— Bien sûr que tu la défends, toi, s'est-elle mise à couiner insidieusement.

J'allais une fois de plus me lancer sur la pente savonneuse, quand Roméo a extraordinairement pris les opérations en main.

— Véra, Chloë a raison. D'une, vous allez un peu vite en besogne et, de deux, cela ne nous regarde pas. Boris et Adèle sont assez grands pour régler leurs histoires de couple.

Sur ce, Boris est apparu dans l'encadrement de la porte. Était-ce l'ingestion discrète de bâtonnets de crabe qui l'avait reboosté, ou un soudain sursaut de fierté ? Toujours est-il qu'il s'est dirigé d'un pas ferme vers le manteau en fausse fourrure de Véra (j'ai pensé un instant avec horreur qu'il m'arrivait tout de même d'avoir des goûts communs avec ma génitrice) et le lui a tendu avec une fermeté que je lui avais rarement vue.

— Tu ferais mieux de rentrer chez toi, *mamouchka*.

— Mais Boriiiiis, je suis là pour t'aider. Il est normââââl que je sois là pour mes fils (notez au passage la subtile distinction…) quand ils ont besoin de mouaaa !

— Je n'ai pas besoin de toi, maman.

— Laisse-moi au moins te raccompagner, toi et les enfants. Tu ne dois pas rester seul alors que ta femme vient de te quitter.

— Maman nous a quittés ?

Gabin, le cadet de la fratrie, s'était faufilé dans la salle à manger à la suite de son père, sans que nous ne le voyions. De grosses larmes commençaient à poindre dans ses grands yeux bleus. J'ai vu la mâchoire de Boris se crisper. Mon frère est un gros nounours plutôt placide qui se met rarement en colère, mais j'ai bien cru que ça allait être pour cette fois.

— Non, mon chéri, a répondu Boris en prenant son fils dans ses bras sans quitter Véra des yeux, c'est *babouchka* qui nous quitte. MAINTENANT.

Ma mère était livide. Avait-elle conscience d'être allée trop loin ? Elle et moi étions coutumières du dépassement de limites mais ses fils avaient toujours envers elle une indulgence coupable (ou une soumission sans bornes !) et peu d'évènements parvenaient à troubler la relative symbiose qui unissait la *mama* à ses rejetons masculins. J'ai vu ses lèvres et ses mains trembler quand elle s'est emparée sans un mot de la parka.

Et là – cela mériterait une ode spéciale dans *Le livre des riches heures* de Chloë – j'ai été héroïque ! Ma mère était certes insupportable, indigne, très souvent odieuse, mais aussi en l'occurrence imbibée d'alcool, et je ne pouvais pas la laisser prendre le volant dans ces conditions.

— Je te ramène, maman. On verra pour ta voiture demain.

Je ne lui ai pas laissé le temps de protester ni de se répandre en adieux déchirants et l'ai menée *manu militari* dans la voiture.

Vous raconter les dix minutes de trajet en sa compagnie mériterait un roman à lui tout seul. Une fois de plus, j'ai été le punching-ball idéal, mais j'ai serré les dents et l'ai laissée dévider son fiel sans presque jamais lui répondre. Il serait toujours temps de faire face à ses sous-entendus douteux demain en lui rapportant son véhicule, parce que vous pensez bien que je n'ai pas été épargnée…

Quand la porte de son immeuble s'est enfin refermée et que j'ai vu la lumière s'allumer dans son appartement, j'ai poussé un long soupir de soulagement. Un problème de réglé pour ce soir. Je me suis assise dans la voiture avec une cigarette. J'allais la savourer, celle-là ! C'est alors que, cherchant mon téléphone, je me suis souvenue l'avoir laissé dans la boîte à gants. Je souhaitais secrètement avoir quelque message sucré du BMI. Les rebondissements dans *l'affaire Adèle et Boris* n'avaient déclenché en moi aucun électrochoc salutaire et la dernière heure mouvementée avait à peine réussi à m'ôter le ténébreux de la tête.

Mais quand j'ai attrapé mon iPhone, c'est toute une série d'appels en absence de Clothilde qui s'affichaient, entrecoupés d'un SMS impérieux :

> Rappelle-moi, je t'en prie.

Ce que j'ai fait sur-le-champ, vaguement inquiète. Elle a décroché dès la première sonnerie.

— Chloë ! Putain, j'y croyais plus !

— Excuse-moi, j'ai eu des rebondissements « véranesques » ce soir. (C'est ainsi que nous nommions entre nous depuis longtemps les épisodes faisant intervenir ma mère.) Elle était chez moi quand…

— Y a urgence, là ! m'a-t-elle coupée.

— Qu'est-ce qui se passe ?

Je notais la tension dans sa voix et son volume anormalement bas.

— Il y a que Jérémy part en vrille.

— Tu veux dire « plus en vrille » que d'habitude ?

— Je veux dire en vrille totale !

— Et pourquoi tu parles tout doucement ?

— Parce qu'il est dans l'immeuble, aux dernières nouvelles, derrière ma porte d'entrée, en train de clamer des horreurs sur mon paillasson.

— Pardon ? Mais tu es où, toi ?

— Dans la salle de bains !

— Et Clara ?

— Elle était tellement crevée qu'elle dort. Pour l'instant – je touche du bois – le bruit ne l'a pas réveillée.

Mon amie m'a alors brièvement fait un point sur la situation. À peine était-elle rentrée qu'elle avait commencé à recevoir des SMS de son ex. Fatiguée, occupée, elle ne s'y était guère attardée, surtout qu'il revenait lourdement sur la lettre glissée sous la porte, lui réclamant une réponse. Devant son silence, il avait commencé à alterner les messages suppliants et agressifs. Au bout d'une dizaine de textos, agacée (mais hélas résignée, car elle ne connaissait que trop bien ses obsessions, surtout les soirs « imbibés » de weekend…), Clothilde avait fini par lui répondre de façon assez sèche qu'ils en rediscuteraient à un autre moment, et merci de la laisser profiter de la fin de ses vacances.

Sa réponse l'avait alertée : *Tes vacances sont finies. Je SAIS que tu es rentrée.* Elle avait renvoyé du tac au tac : *Tu m'espionnes ?* auquel il avait rétorqué : *Disons que je passais par là…* Elle en avait déduit qu'il devait surveiller son arrivée, planqué quelque part, comme il l'avait déjà fait au moment de leur séparation. Il avait certainement attendu que je m'en aille pour se manifester.

D'ailleurs, presque immédiatement, l'interphone avait retenti sans discontinuer jusqu'à ce qu'elle lui ouvre, inquiète que ses voisins puissent se plaindre du bruit. Mais quand elle l'avait entendu tambouriner à sa propre porte en débitant des insanités, elle avait refusé de lui ouvrir.

— Tu as bien fait ! Ce type est dangereux, je te l'ai déjà dit.

— J'ai toujours pensé qu'il était plus malheureux que dangereux.

— Hélas, les deux peuvent aller de pair, c'est comme pour les bêtes et méchants. Et souvent l'un renforce l'autre.

— Garde tes aphorismes pour un jour où on aura le temps de philosopher. Parce que tout de suite, je ne sais pas quoi faire. Il est allongé dans le couloir de l'immeuble et il chante à tue-tête que je suis une salope et qu'il va m'attraper dès que je passerai la tête, alouette !

— Il a dit… « alouette » ?

— Je te dis qu'il vrille !

Clothilde avait l'air à deux doigts de la crise de nerfs.

— Putain, et il n'y a pas un voisin qui peut sortir et intervenir ?

— Tu crois qu'on est à Fraisi-paradis ? Les pleutres sont calfeutrés chez eux ou feront mine de ne pas entendre.

— Alors, appelle la police ! C'est un lâche, il va se pisser dessus rien qu'à voir l'uniforme.

— Je ne veux pas envenimer l'affaire. Je le connais, c'est un sanguin, mais il ne me fera pas de mal.

— Il t'en fait DÉJÀ, du mal ! Le type qui frappe comme un sourd à ta porte, qui te traite de salope et qui dérange tout l'immeuble – pour raison qu'il veut coucher avec toi au passage – excuse-moi, mais on a déjà dépassé les limites, là !

— Chloé, je t'assure que pour l'instant, la police, je préfère pas.

— Alors, nous, on arrive ! J'appelle chez moi et je dis à Roméo de venir. Boris est là, il peut servir de renfort.

— Surtout pas, Chloë !

— Pourquoi ?

— Parce qu'il y a une chose que je ne t'ai pas dite.

— …

— Entre autres menaces, il n'arrête pas de parler de toi, la « salope en chef »…

— Et… ?

La voix de Clothilde s'est encore amenuisée.

— Il dit qu'il sait que tu trompes ton Jules et qu'il va tout lui balancer.

— Pardon ? Mais comment… qu'est-ce qu'il peut savoir… ?

— Il a piraté ma boîte mail, Chloë…

— Hein ? Mais… quel est le…

Ça y est, ça venait de connecter : la boîte mail de Clothilde, celle-là même où je la tenais informée régulièrement des échanges avec le BMI, celle qui recelait de captures d'écran de nos conversations entières, celle où je m'étais tout récemment encore moquée du beatnik, celle que j'avais négligemment cru aussi hermétique et fiable que le cœur de mon amie…

Les ennuis ne faisaient donc que continuer.

CHAPITRE 20 : DE CHÈVRE ET D'ÉPÉE

Voilà comment on se retrouve en un instant le cul dans la colle – si vous me pardonnez l'expression triviale. Voler au secours de mon amie ou foutre ma vie en l'air en deux secondes chrono. Je connaissais assez Jérémy pour savoir que ses menaces n'étaient pas feintes, avec une forte probabilité de les avoir déjà mises à exécution. Non seulement le type était un sanguin, mais il n'avait aucune grandeur d'âme : la possibilité de se venger de la connasse qui l'avait humilié devait sans doute lui paraître plus douce que le paradis d'Allah !

— Bon, pour l'instant, tant que ma porte est fermée à clef, je ne risque pas grand-chose, a tenté de me rassurer Clothilde. En revanche, si j'étais toi, j'irais dare-dare assurer mes arrières.

— Tu penses qu'il est déjà passé à l'action ?

— Je pense qu'il a l'air bien content de lui, et lorsqu'un connard se réjouit…

— … Ça n'est jamais bon pour nos affaires, ai-je conclu. (Nous avions si souvent eu le loisir d'éprouver cette petite maxime depuis nos années lycée.)

— File.

— Tu es sûre… ?

— Oui. Mais… garde ton téléphone avec toi.

— Évidemment.

J'ai raccroché avec culpabilité. J'avais l'impression d'abandonner Clothilde pour sauver ma peau. Rectification : j'*abandonnais* Clothilde pour sauver ma peau.

J'ai mis le contact et démarré en trombe, réveillant l'esprit de Schumi qui sommeillait en moi pour regagner au plus vite mon *home, feared home*...

Dans la cour, la voiture de Boris avait disparu. Égoïstement, j'ai soupiré – un problème de moins – en me garant à l'arrache devant la porte. Je n'en étais plus à une lâcheté près. Et de toute façon, que pouvais-je pour mon frère alors que je me trouvais dans la même situation que... sa femme ?!

Roméo est apparu sur le pas de la porte, Héloïse dans les bras.

— Vous êtes encore recalée au permis de conduire, mademoiselle.

La blagounette, le sourire léger : tout allait bien. Le beatnik n'était pas encore passé à l'action, trop occupé par ses actuelles exactions sans doute. Je pensais au SMS de mon amie :

> Je détourne son attention. Nous parlementons à travers la porte.

Pour que le sacrifice d'Iphigénie ne soit pas vain, il fallait que j'agisse en Agamemnon, que je me retrousse les manches et que je gagne la bataille. À ceci près que mes armes ne seraient pas la lance et l'épée, mais la félonie et la vélocité.

Ouverture : affabilité, roucoulement, yeux de biche.

Premier assaut : « Tu as été adorable, mon chéri, ce soir. »

Contact : Enlacement, baisers.

Parade : « Je suis vraiment désolée pour tout ce que ma famille t'inflige. »

Offensive : « Tu m'as trop manqué cette semaine... »

Contre-offensive : « Tu peux t'occuper de coucher la petite ? »

Blocage : « … pendant que je nous prépare un plateau tisane ? Qu'on se raconte notre semaine ! »

Mi-temps : Roméo, ainsi emballé et pesé, est monté coucher Héloïse. J'avais au bas mot dix à quinze minutes devant moi en comptant la mise en pyjama, le brossage de dents, l'histoire et le câlin. J'étais LARGE ! Et pas besoin d'avertisseur sonore : notre vieil escalier grinçant était une alarme artisanale de toute efficacité. À peine a-t-il cessé de couiner d'ailleurs que je me suis ruée sur mon ordinateur. Si Jérémy faisait le con, il ne pouvait passer que par Facebook. À mon grand avantage, Roméo avait changé de téléphone et de numéro quelques semaines auparavant. Nous étions tous sur l'infernal réseau bleu, qui reste à ce jour le mode de communication préféré des trentenaires-quadras. Et évidemment, en bonne épouse qui se respecte, j'avais les codes de mon mec, récupérés subrepticement il y a fort longtemps et soigneusement retenus. Email, login, page d'accueil. Roméo ne publiait pas grand-chose de personnel, si ce n'étaient des partages tout nazes de photos et vidéos humoristiques. Par acquis de conscience (et parce que l'excès de confiance – qu'on se le dise – est le talon d'Achille du combattant), j'ai fait défiler les dernières notifications. Rien. Il était temps de cliquer sur l'icône Messenger qui indiquait le chiffre 3.

Je l'ai vu tout de suite, coincé entre un message de sa sœur et un GIF d'un copain du foot. L'espèce de petit saligaud d'enflure de sac à purin ! Il était déjà passé à l'action. Le message avait été posté il y avait moins d'une heure, au moment même où il éructait sur le paillasson de mon amie. En plus de ses injures publiques, il avait dû se faire le malin plaisir de s'octroyer une pause-pute ! Son message était lapidaire (et limpide !) :

« Bonjour. Je crois que ta femme te trompe avec un certain Aurélien. Je suis désolé d'être aussi direct mais je crois qu'à ta place j'aurais aimé le savoir. Je t'envoie une capture d'écran explicite. Bon courage à toi. Au plaisir. »

Au plaisir ? L'enfoiré ! Je bouillonnais de colère. Je crois que si je l'avais eu devant moi, j'aurais été capable de lui défoncer le crâne à coup de talons aiguilles. Les échanges joints (particulièrement bien choisis…) avec le BMI auraient pu faire rougir Brigitte Lahaie. Et dire qu'on ne s'était même pas embrassés ! Qui le croirait en lisant ce morceau de conversation ? Mon partenaire virtuel décrivait ce que sa bouche voulait me faire à l'entrejambe et l'occupation de ses doigts pendant ce temps délicieux. Il détaillait sans pudeur aucune son envie de me retourner ensuite pour me pénétrer sauvagement… Je me souviens que cet échange m'avait valu une nuit agitée, aussi chaude qu'était à l'instant glacé le filet de sueur dans mon dos en imaginant ce qu'il adviendrait de moi si Roméo tombait un jour sur ces sextos… L'image immédiate qui m'est venue à l'esprit est celle de Cersei Lannister, pieds nus et cheveux tondus, parcourant les rues de Port-Réal sous les cris haineux de la foule : « *Shame ! Shame !* »

En attendant et n'étant pas une citoyenne de Westeros, il me fallait riposter au plus vite pour couper l'herbe sous le pied du Oussama Ben Laden des affaires familiales. Effacer le message, oui, bien sûr, mais s'en arrêter là était digne d'un amateur, pas d'une pointure en contre-espionnage dans mon genre – *rires enregistrés*. Si Roméo ne répondait pas, qu'est-ce qui empêcherait le nabot d'y revenir, ne serait-ce que pour revendiquer l'attentat ?

Le bloquer ? Oui, mais là encore, ce ne serait pas suffisant, voire constituerait l'aiguillon pour le pousser de nouveau dans l'arène d'une manière que je ne maîtriserais pas, cette fois. Non, il fallait lui faire croire que son coup avait porté… et pour cela, une seule solution : que Roméo (entendre « moi » sous le masque !) lui réponde. Le temps défilait. Vite, vite, j'ai cherché un message à la fois suffisamment explicite et *soft* pour ne pas ouvrir un nouveau front d'hostilité :

« Je te remercie de ta sollicitude, mais je suis au courant et gère moi-même mes affaires de couple. »

À la réflexion : enlever « de ta sollicitude », beaucoup trop « Chloë » et qui pouvait passer pour de la condescendance ou de l'ironie. Être le plus factuel possible pour ne laisser aucune brèche ouverte à la malveillance de ce bâtard !

« Je te remercie, mais je suis au courant et gère moi-même mes affaires de couple. »

C'était clair, net et précis. Pas à y revenir. À moins de se ridiculiser… J'ai envoyé et l'ai bloqué dans la foulée, tout en prenant soin évidemment d'effacer toute trace de ces envois, y compris dans son historique – on n'est jamais trop prudent !

Puis, j'ai refermé le clavier et, après avoir rapidement vérifié en bas de l'escalier l'état d'avancée du coucher de Héloïse, j'ai composé le numéro de Clothilde tout en mettant l'eau à chauffer dans la bouilloire (ne pas oublier l'alibi !).

— Alors ?

— Le front est calme. Il a fini par partir.

— T'es sûre ?

— Je l'ai vu de ma fenêtre. Même s'il m'a crié avant de descendre qu'il serait là demain matin pour avoir sa réponse…

— Ben voyons. Tu devrais quand même appeler les flics pour déposer une main courante.

— J'ai espoir que la nuit le calme. Et puis, Chloë… tu te souviens de ce que je t'ai dit. Il risque de se venger sur toi.

— C'est déjà fait.

— Pardon ?

Je l'ai rapidement mise au courant. Elle était sidérée.

— Je dois te laisser. Pour ce soir, espérons que c'est le *statu quo*. Mais ne te fais plus de soucis pour moi. Je pense avoir circonscrit le problème. S'il refait la moindre apparition, ai-je ajouté avant de raccrocher, tu appelles la police !

Voilà, j'avais esquivé, piqué, bloqué. Était venu le temps de la fermeture. Roméo redescendait, tout sourire, tandis que je versais l'eau bouillante sur les feuilles de verveine dans la tisanière.

La soirée a été agréable, même si je ne pouvais me défaire d'une certaine nervosité (et d'une grande hypocrisie !). Chéri-chéri a dû mettre mon trouble sur le compte de l'épisode Véra-Boris et n'en a pas semblé particulièrement affecté. Je trouvais, malgré tout, qu'il prenait les choses avec beaucoup de philosophie. Il semblait persuadé que la « crise Adèle » n'en était pas vraiment une et qu'elle était montée en épingle par ma mère. Je dois dire que sa persistance à défendre l'innocence du pot de fleurs m'irritait un peu. Pourtant, j'aurais dû me réjouir de sa propension à l'aveuglement qui ne pouvait que m'être salutaire. Je ne devais cependant pas encore être assez loin sur le chemin du péché et, pour être honnête, sa bienveillance ne faisait qu'attiser ma culpabilité.

Avant de rejoindre Roméo au lit, je me suis enfermée dans les toilettes pour *checker* une dernière fois la position des troupes. Côté Clothilde : le baba-pas-cool n'était pas réapparu. Tout était calme. Côté Facebook de Roméo : RAS. Et sur mon Facebook ? Mon cœur s'est un peu emballé en voyant un message d'Aurélien. Il me disait qu'il n'avait cessé de penser au petit lapin entrevu sur un ponton cette semaine et qu'il avait très envie de le croiser de nouveau (entendre « en faire un civet »). La semaine prochaine, il avait un shooting photo dans les environs, après lequel il était tout à fait logique qu'il dorme dans l'appartement de Tata Blanche…

Pécaïre, l'étau se resserrait, et il allait falloir décider une bonne fois pour toutes si j'allais m'enfuir dans la montagne après laquelle je soupirais depuis un mois pour aller *croquer la lambrusque à belles dents* ou accepter définitivement la longe et l'enclos. Les évènements et émotions de la soirée me poussaient vers la sécurité. Je savais au fond de moi que cette histoire ne me mènerait nulle part, si ce n'est dans la gueule du loup. Mais quand on a senti l'air de la montagne, est-il possible que l'issue soit différente ? Peut-on de nouveau se satisfaire de l'herbe fade de son champ ?

Je suis allée me coucher, obsédée par la conversation dont j'avais bien malgré moi relu un extrait dans la soirée. Le feu de son désir et de l'interdit conjugués m'attirait irrésistiblement. Derrière mes paupières closes passaient et repassaient sans cesse nos épisodes de rapprochement : la pression gourmande de ses doigts sur ma main lors de notre première rencontre au théâtre, puis sur mes jambes dans l'appartement de Tata Blanche, la façon qu'il avait eue de se presser contre moi à Noirmoutier, comment il m'avait serré dans ses bras avant de partir, sa bouche contre mon oreille, ses mains dans mes cheveux, son odeur… Cet homme me rendait folle et en conséquence prête à toutes les folies… qu'il ne faisait pour l'instant que m'écrire.

Je me suis endormie sur mon désir inassouvi, remettant à demain ma réponse au BMI. Pour l'heure, Blanquette était sauve.

Vers 3 h du matin cependant, j'ai été réveillée brutalement par une sorte d'intuition : j'avais oublié quelque chose ! (Ça ne vous arrive jamais, ce genre de sursaut de conscience nocturne qui vous ouvre les yeux comme un électrochoc durant votre sommeil ?) Ayant directement trouvé le message félon dans la boîte Messenger, je n'avais même pas pensé à relever la boîte mail officielle. Ma négligence m'a soudainement éclaté au visage.

Je me suis aussitôt levée, silencieusement, attrapant mon portable pour retourner vers la salle du conseil : les toilettes ! Connexion immédiate sur le compte Gmail de Roméo. Jérémy n'avait plus son numéro de téléphone, mais il me paraissait soudainement logique qu'il ait envoyé sa bombe sur toutes les adresses possibles de contact. Je l'avais échappé belle.

Mais alors que je m'attendais à effectuer en un tour de main la même manipulation adroitement réussie quelques heures plus tôt, je suis tombée en arrêt sur des mails envoyés par un autre destinataire, un destinataire qui n'avait rien à faire ici, un destinataire qui allait tout à coup devenir ma priorité numéro un, effaçant tout le reste. Le petit fumier de raclure de bidet ! Voilà qui transformait radicalement la situation et remodelait d'un coup le champ de bataille. Que j'avais donc été stupide… Une vraie petite chèvre blanche.

CHAPITRE 21 : ET FRANCHIR LE RUBICON...

Je me souviens avoir eu l'impression de me prendre un coup de défibrillateur, et surtout, surtout, passé le choc de la découverte, de me sentir incroyablement stupide. Moi qui me pensais depuis un bon mois la plus machiavélique et haïssable des épouses sur le marché, je m'apercevais soudainement que j'étais fort loin sur le chemin de la trahison et de la perfidie. La petite voix féministe enfouie depuis quelque temps reprenait son plein coffre et alimentait de ses grincements le feu d'une sourde colère qui couvait. Une femme avait encore tellement à apprendre sur le terrain du double jeu et de la fourberie. Des siècles – non : des millénaires ! – d'expertise en la matière donnaient la gent masculine gagnante haut la main ! Comment : je m'étais crue fausse, hypocrite, lâche, damnée, parce que j'avais eu deux minuscules rendez-vous avec un bel inconnu que j'avais de surcroît tenu à distance ? Pardon : j'avais eu de la peine et de l'empathie pour le mari semi-trompé en esprit ? Pire : j'avais déposé Roméo et Aurélien dans deux cases bien séparées, du genre le bon et la brute ! Effroyable et dramatique méprise ! La sentence « Tous les mêmes ! » résonnait dans ma tête avec l'accent russe de mamouchka.

Évidemment, cette fulgurante prise de conscience – et l'écheveau des réflexions qui ont suivi – n'a pris en réalité qu'une seconde et demie, la seconde et demie nécessaire pour embrasser d'un seul coup d'œil le nombre de mails dont le destinataire était... Adèle !

J'ai cliqué en tremblant sur le plus récent, daté du matin même, m'attendant à tout. C'était pire que cela :

« On se retrouve au lieu habituel ? J'ai besoin de te voir. A. »

Le « lieu habituel » ? Toi aussi, tu la sens, l'envie de meurtre ?

Hélas, c'est à ce moment-là que j'ai entendu l'alarme : l'escalier qui grinçait. Enfer et damnation, j'allais devoir suspendre l'investigation ! Je me suis déconnectée au plus vite, pestant contre la prostate des infidèles (n'étant plus à une caricature près !). Le petit foutriquet ne perdait rien pour attendre. Demain, dès l'aube, à l'heure où blanchit la campagne, je repartirais sur le front. Qu'on se le dise, la guerre n'est jamais propre et toi, mon tendre époux, vipère élevée dans mon sein, tu allais mordre la poussière !

Vrouf ! J'ai tiré la chasse d'eau, glissé mon portable dans la poche de mon peignoir. L'ennemi était déjà tapi derrière la porte.

— Qu'est-ce que tu fais ? Ça ne va pas ?

— J'ai un truc qui n'est pas passé. (Même pas besoin de mentir, crétin !)

— Ma pauvre chérie. C'est le stress de la reprise, sans doute.

— Ça doit être ça.

Je me suis raidie pour souffrir son geste tendre dans mes cheveux. Le contact de sa main de Tartuffe me révulsait.

— Je remonte me coucher.

— J'arrive.

Je peux vous dire que contrairement à ce que j'ai affiché pour avoir la paix, j'ai mis un temps fou à retrouver le sommeil. Les spéculations les plus folles tournaient dans ma tête. Depuis combien de temps ? Où ? Comment ? Et surtout : pourquoi, POURQUOI ? Que pouvait-il trouver à cette insignifiante personne, à peine jolie, aussi charismatique qu'une cafetière, dont nous nous étions tant moqués quand Boris nous l'avait présentée ? Roméo était certes d'un naturel sociable et avenant. Je l'avais toujours vu bien s'entendre avec mes frères et les femmes entrées dans la famille, mais jamais je n'avais remarqué de sa part une accointance particulière ou marquée pour Adèle. Étais-je donc aveugle à ce point ? Notre couple allait-il si mal ? Était-ce la raison pour laquelle j'avais commencé à glisser sur la pente moi aussi ? Je repensais aux petites remarques désabusées d'Aurélien sur le mariage : *Tu vois beaucoup de couples épanouis et amoureux au bout de dix ans de vie commune ?* Je l'avais détesté d'être à ce point cynique sur toute histoire d'amour, car c'était condamner la nôtre à peine éclose. Mais n'était-il pas affreusement dans le vrai ? Est-ce que nous n'étions pas tous – Adèle, Boris, Aurélien, Roméo, moi – en train de faire l'épreuve de cette triste réalité ? Des larmes, autant de tristesse que de rage, me piquaient les yeux, et je me forçais à ne pas trop bouger pour ne pas attirer l'attention de mon compagnon. *Mon compagnon*... Cet inconnu couché à mes côtés depuis dix ans...

Une partie de la réponse à mes questions se trouvait dans ces mails que je n'avais pu ouvrir, et j'étais dévorée par l'envie de me relever pour aller les consulter. Je savais, hélas, que je risquais de me griller, qu'à la guerre comme en amour, trop de précipitation mène souvent à la chute. Les perfides messages seraient toujours là dans quelques heures, prêts à me faire éclater toute leur félonie au visage.

J'ai fini par m'endormir au petit matin, le cœur lourd et l'esprit écrasé. Lorsque je me suis éveillée en sursaut, j'ai eu la sensation de sortir d'un trou noir nauséeux. Une main me caressait le visage et l'odeur du café chatouillait mon odorat. Avant que la conscience de ma triste condition ne me revienne tout à fait, j'ai eu le temps d'entendre la voix de Roméo :

— Debout, Belle au bois dormant, ou vous allez être en retard à la fête...

Hein ? Que ? Quoi ? Quelle fête ? Quelle heure, quel jour on était ? Panique à bord. J'ai relevé d'un coup le masque de nuit Hello Kitty sans lequel je ne peux pas dormir (oui, bon, chacun ses petites indignités...) et le visage du TRAÎTRE a envahi mon champ de vision. Tout m'est revenu d'un coup devant son sourire hypocrite et mielleux...

— J'ai emmené Héloïse à l'école et t'ai laissée dormir le plus longtemps possible. J'ai eu l'impression que la nuit n'avait pas été fameuse.

— Mais que... quelle heure est-il ? ai-je bafouillé.

— Huit heures et demie bien tassées. Je t'ai monté un café avant de filer au boulot. Bonne journée, ma chérie.

Ce faisant, le félon m'a déposé un baiser – de Judas ! – dans les cheveux. J'ai marmonné un « Toi aussi » et ma tête est retombée sur l'oreiller. J'ai jeté un œil vers la tasse de café fumante qui me faisait bien envie. Hélas, dans le monde où j'avais basculé, tout était possible et il pouvait fort bien me l'avoir empoisonnée. Peut-être même m'intoxiquait-il subrepticement depuis des semaines pour se débarrasser de moi, sorte de Marie Besnard au masculin ?

Puis, j'ai entendu le bruit du moteur dans la cour et mon esprit combatif et rationnel a pris le dessus. Nous n'étions pas dans *Blanche-Neige*, personne ne voulait m'occire à coup de pomme ou de café. Je nageais juste dans une sordide petite histoire ordinaire. De l'amour-propre, que diable, du panache ! Fini le temps de la naïveté, j'allais me transformer en redoutable marquise de Merteuil et ma vengeance, à défaut d'être terrible, serait celle de « mon sexe » ! Et hop, une gorgée de café (pas empoisonné...). La voiture avait quitté la cour, il était plus que temps de passer à l'action, à commencer par lire cette fameuse correspondance cachée entre Roméo et Cruella (oui, ce serait maintenant le nouveau surnom de cette truffe blonde !). Pour vaincre son ennemi, il fallait déjà l'observer et étudier ses failles. Cette lecture me donnerait une longueur d'avance. J'avais juste le temps de dépouiller les pièces à conviction avant de me préparer pour partir à la Fnac, qui – merci, mon Dieu – ouvrait à 10 h le lundi.

Même pas besoin de sortir du lit pour démarrer la bataille, juste à tendre la main pour attraper le portable. Page de connexion Gmail, login, mot de passe, à nous deux…

À NOUS DEUX RIEN DU TOUT ! Là, j'avoue, j'ai eu deux minutes de bug. Sa boîte mail avait été vidée, purement et simplement ! Qu'est-ce que ça voulait dire ? Pouvais-je encore croire à une coïncidence, à un geste-réflexe ? Si c'était le cas, je retrouverais trace de ses mails dans la corbeille, non ? Fébrilement, je me suis mise à cliquer sur toutes les icônes : *messages supprimés, envoyés, reçus, indésirables, brouillon.* RIEN ! Effarée, j'ai encore réévalué l'ampleur de la catastrophe. Au « mieux », il était prudent, au pire, il se savait surveillé. Comment ? J'avais dû couper si rapidement cette nuit que j'avais omis d'effacer mes traces, certes. Mais, allô ?! Il s'agissait de MON Roméo, cet homme placide, peu connecté, toujours légèrement dans sa bulle. Qui l'avait soudainement transformé en 007 de la trahison ? Ou alors, vivais-je sans le savoir depuis des années à côté d'un redoutable agent double ? En tout cas, nous avions franchi un cap : la guerre totale était déclarée. Je devais partir du postulat qu'il *savait* que je *savais* mais nous *savions* tous deux que je ne pouvais avouer *savoir* et allions donc continuer à faire comme si… nous ne *savions* rien. Et lui : que *savait*-il ? J'étais en train de dévisser.

Le plus simple n'était-il pas de jouer cartes sur table, d'arrêter l'escalade ? Après tout, vous n'aviez pas grand-chose à vous reprocher, a commenté madame Freud quand je lui ai raconté.

Ah ah ! Vous l'aviez oubliée celle-là, hein, cette inconsciente qui pense que la vie se guérit par la parole. Il y a vraiment des gens – à part les psys ? – qui croient que la communication et l'honnêteté solutionnent tout ? Il y a vraiment des femmes, à ma place, qui auraient dit tranquillement à leur mari : « Chéri, comme j'ai tes codes de boîte mail et que je voulais effacer un message t'avertissant que je te trompais, je me suis aperçue que tu m'avais devancée. Je te ressers une tasse de thé ? »

Sans déconner…

Bon, alors, qu'est-ce que j'ai fait ? En attendant de trouver une stratégie intelligente (et je peux vous dire qu'une infinité m'a traversé l'esprit, d'engager un détective privé à m'équiper en caméras et logiciels espions), j'ai commencé par juste *me venger*. Même s'il ne pouvait que l'ignorer, même si j'espérais qu'il l'ignorerait à jamais, j'ai ressenti une joie perverse et une intense jubilation à répondre à Aurélien.

> Dis-moi quand tu viens sur T… Je te rejoindrai.

Alea, jacta est !

CHAPITRE 22 : L'ESPION QUI M'AIMAIT

Dans les minutes qui ont suivi, j'ai reçu un message d'Aurélien :

> C'est noté, petit lapin. Normalement, shooting programmé ce jeudi. On se retrouve en soirée ?

Le vin était tiré…

J'ai appelé Clotilde sur le chemin du boulot, tant pour prendre de ses nouvelles que pour l'éclairer sur les derniers rebondissements de l'affaire Cruella ! Elle n'en revenait pas.

— Tu es sûre que ça ne peut pas être autre chose… ? a-t-elle bien tenté de me rassurer.

— Tu veux dire comme une fête d'anniversaire surprise qu'il aurait organisée avec l'autre godiche ? J'crois pas, non.

— Sans doute pas… mais comme tu n'as pas réussi à lire les mails…

— Est-il vraiment utile que je les lise ? Ils EXISTENT, et c'est suffisant pour faire de mon mari un SALE MENTEUR et un remarquable comédien ! Si vraiment leurs échanges étaient tout à fait innocents, il m'en aurait parlé… Et puis, merde (la moutarde remontait), le petit fumier et la plante carnivore ont un *lieu de rendez-vous*, un « LIEU HABITUEL » ! Tu sais ce que ça veut dire ? Un *lieu habituel ?* Un lieu où ils ont L'HABITUDE de se voir REGULIÈREMENT !

— OK, OK, calme-toi, j'ai compris.

Je me suis rendu compte que je m'étais mise à hurler dans l'habitacle en croisant l'œil hilare de mon voisin de feu rouge.

— Désolée, j'ai pas beaucoup dormi et j'ai l'étrange sensation que toute ma vie part en fumée.

— Tu avais un peu commencé à jouer avec les allumettes…

— Eh bien, pendant que je me tâtais pour allumer la mèche, y en a un qui ne se privait pas pour incendier l'Amazonie !

— Je te l'accorde. Grosse longueur d'avance sur le coup. Qu'est-ce que tu vas faire ?

— À part lui renvoyer l'ascenseur, tu veux dire ? Je ne sais pas encore. Je rêve de le prendre la main dans le sac ! C'est horrible, je me mets à parler comme ma mère…

— Mouais… Le point positif est que tu vas peut-être finalement parvenir à la plaindre, cette pauvre Véra.

Me mettre à compatir pour Véra ? Voilà bien qui terminerait le honteux palmarès du jour en beauté. Pour l'instant, je préférais entretenir ma colère. Je sentais bien que si elle commençait à m'échapper, si j'amorçais l'once d'un apitoiement sur moi-même, je risquais de m'effondrer comme une petite chose molle et sans consistance. De mon premier mariage malheureux, j'avais retenu une leçon : on peut choisir de ne pas être victime en relevant la tête et, surtout, en n'ayant jamais peur de monter sur le ring. Et ça serait le même tarif pour le beatnik !

— Quant à Jérémy, c'est terminé de nous foutre les jetons ! Il a fait tout le mal qu'il pouvait, c'est bon ! On ne va pas se laisser terroriser par un mec plus petit que nous ! À nous deux, je suis sûre qu'on le terrasse !

Mon amie a éclaté de rire.

— OK, je vois qu'on est en phase Rocky !

— Carrément, et « C'est pas fini tant que la cloche n'a pas sonné », Adrienne !

Le feu est passé au vert. J'ai démarré en trombe, avec le sourire.

J'ai passé la journée dans un état proche de la schizophrénie, d'un côté Shéhérazade ourdissant tromperie et séduction pour ma nuit de jeudi, de l'autre Sherlock Holmes planifiant filature et interrogatoire. À ma pause, j'ai enchaîné ma prise de rendez-vous chez l'esthéticienne et le coiffeur avec une conversation fraternelle pour tenter – mine de rien – de savoir où était Adèle. Elle était revenue à la maison depuis la veille, mais, selon mon frère, plus fermée qu'une huître, et ils ne s'étaient pas échangés trois mots depuis.

— Et là… elle est où ?

— Au taf, je présume, comme tous les lundis. Après, je sais pas… Elle m'a dit qu'elle n'était pas sûre d'être à l'heure pour aller chercher les petits, qu'elle les laisserait peut-être à la garderie.

J'avais mon info. Je savais qu'elle finissait normalement à 16 h les deux premiers jours de la semaine pour s'occuper des enfants, tandis que Boris prenait le relais jeudi et vendredi. Si elle ne rentrait pas immédiatement, c'est qu'ELLE AVAIT RENDEZ-VOUS AU *LIEU HABITUEL !*

J'ai dû déballer toute ma panoplie léchage-de-bottes-potiche-écervelée auprès de Christophe (vous vous souvenez ? Mon détesté chef de rayon bien sexiste…) pour le convaincre de me laisser exceptionnellement sortir plus tôt – entendons : j'ai surtout dû mitonner un bon gros mensonge autour d'une maladie infantile et promettre de rattraper mes heures, quand bon lui semblerait. Je n'en étais plus à une hypothèque près sur ma vie future !

Bilan des courses : j'étais sur le trottoir à 15 h ! Largement le temps de sauter dans ma voiture et d'aller me poster non loin de la mairie où Cruella exerçait, au département de l'état civil. Si largement le temps d'ailleurs que je me suis offert le luxe de passer par une boutique de déguisement où j'ai acheté une perruque blonde. J'avais peut-être un peu trop vu de films d'espionnage mais tant qu'à foutre sa vie en l'air, autant le faire avec créativité ! J'ai ajouté à cela un grand manteau à 5 € attrapé au passage à Emmaüs, des lunettes de soleil, et je suis allée me changer dans les toilettes de la gare, comme un agent 00. Le résultat était du plus bel effet : un mix entre France Gall et Michel Polnareff. Mé-con-nais-sable !

Puis, j'ai attaqué *la planque*. J'ai misé sur le fait qu'en centre-ville Cruella ne prendrait pas sa voiture et qu'elle rejoindrait sans doute le lieu du crime à pied. Si jamais mes calculs étaient faux, j'avais garé la mienne à deux pas. (Le rêve de sauter dans un taxi et de dire « Suivez cette voiture » m'a bien sûr effleuré l'esprit…) Pour parfaire le tableau, il ne me manquait qu'un talkie-walkie pour communiquer ma position à ma co-équipière Clothilde. À défaut, nous étions au XXIe siècle, j'avais toujours mon téléphone portable, hein ?!

À 16 h 05, la saleté blonde a fait son apparition. Feignasse de fonctionnaire, comment Boris pouvait-il être assez con pour la croire quand elle disait faire des heures sup ? Sur le parvis, elle s'est arrêtée un moment pour consulter son téléphone et je l'ai observée : pas plus maquillée que d'habitude, son petit carré propret impeccablement lisse, un tailleur pantalon sombre sous son manteau basique, des chaussures de prof d'allemand… Était-ce donc cela qui avait attiré Roméo ? Cette immuabilité classique, ce bon goût fade et rigide, rassurant peut-être ? À ce moment-là, j'ai entraperçu mon reflet dans la vitrine d'un magasin de l'autre côté de la rue comme un terrible contrepoids à tout ce bon sens. J'étais folle à lier… Pas étonnant que mon mari cherche ailleurs l'équilibre et la sérénité.

Go ! Mortelle Adèle s'était mise en mouvement. OK Tango Bravo, c'était à mon tour de jouer. La psychanalyse attendrait.

Je pense que mon accoutrement a davantage attiré l'attention sur moi que ne l'aurait fait une tenue lambda, mais peu importe : l'essentiel était que je ne sois pas reconnue par les félons !

J'ai suivi miss Géranium quelques minutes à peine. Elle marchait vite et je peinais à ne pas la perdre de vue. Évidemment, ses souliers plats et confortables étaient bien plus pratiques que mes bottines à hauts talons (pour ça, je n'avais rien pu faire !). Elle ne m'emmenait pas dans des ruelles légèrement excentrées et tranquilles, à l'écart des grandes artères et des boutiques, comme je l'avais imaginé, mais en plein cœur du quartier piéton. Je l'ai vue s'arrêter devant une grande brasserie et s'y engouffrer après avoir fait un petit geste de main à quelqu'un à l'intérieur.

J'ai fortement hésité à la suivre ; j'avais peur de me faire griller et de me couvrir de ridicule. J'ai essayé d'entrevoir le couple de traîtres à travers les vitres, mais la salle était vaste et profonde et, malgré mes passages intempestifs je ne discernais rien. Que faire ? Le plus prudent aurait été de poireauter dehors jusqu'à les voir ressortir l'un après l'autre, mais qui sait combien de temps cela aurait pris ? Je n'avais pas toute la soirée non plus ! Et l'impatience, l'ennemie des enquêteurs de renom comme chacun sait, me guettait. Tant pis, j'en aurais le cœur net !

J'ai poussé la porte, bien consciente de mon imprudence, et *je les ai vus !* Assis l'un en face de l'autre dans un box à droite de la porte. J'ai cru que j'allais défaillir instantanément. Une chose est d'imaginer les pires noirceurs sur sa moitié, une autre est d'avoir le nez écrasé dedans. Heureusement, mon léger malaise m'a plus propulsée que paralysée et je me suis à moitié effondrée dans un autre box à l'abri de leur regard. Engoncée dans mon manteau militaire et ma perruque, j'ai senti venir le coup de chaud. *Respire, Chloë, détends ton diaphragme, ouvre tes chakras et commande un verre d'eau pétillante citronnée. Quand tu te sentiras mieux, tu files. Tu en as assez vu.*

— Vous désirez, mademoiselle ?

J'ai marmonné ma commande, sous l'œil égrillard du garçon de café, sans doute devant ma perruque de travers et mes joues cramoisies.

Déboutonnant mon manteau, je me suis légèrement penchée pour tenter d'apercevoir les suspects. Ils étaient en pleine conversation et Adèle pleurait. *Bien fait !* Était-il en train de la larguer ? De lui dire « Nous deux c'est fini, ma femme se doute de quelque chose ». J'espérais qu'elle ait au moins aussi mal que moi. J'entrevoyais son profil, à lui. Il respirait la gentillesse, la compassion, cet air doux et absorbé que je lui connaissais si bien. *Le plus grand salopard que la Terre n'ait jamais porté !* Un Valmont de la pire espèce ! Et pourtant, je l'avoue, à ce moment même où je croyais le haïr de toutes les fibres de mon être, je ne l'avais jamais trouvé aussi beau. Étais-je donc une masochiste refoulée, un être faible pathologiquement voué à s'attacher aux plus immondes créatures masculines ? J'imaginais d'ici la réponse de madame Freud.

J'ai englouti ma citronnade, jeté un billet sur la table et me suis littéralement enfuie de la brasserie. À peine éloignée de la rue, j'ai arraché mon stupide déguisement et l'ai jeté dans une poubelle avec rage. J'avais envie de hurler.

Il me restait un dernier test à faire. L'attendre pour le confondre. Normalement, le lundi, je bossais jusqu'à 18 h. Il était donc toujours là avant moi, étant passé chercher Héloïse à l'école. Je ne sais pas comment il s'était arrangé ce soir – ma dévouée belle-mère avait sans doute accouru à sa demande – mais en rentrant, il me trouverait à la maison. Je voulais surprendre son visage à la minute même où il passerait la porte. Nous verrions bien s'il aurait toujours autant d'aplomb et s'il oserait nier les faits. *Sexe pour le goûter, Monsieur Bond ? Mort au dîner !*

CHAPITRE 23 : CHAUD, CHAUD, CHAUD... CHOCOLAT !

Je suis arrivée chez moi à 17 h tout juste passées. À ma grande surprise, les lumières étaient allumées et il me semblait même entendre de la musique ! Comment était-ce possible ? J'avais filé alors que mon traître d'époux était encore à minauder dans le café en face de son bégonia (oui, c'était décidé, tous les noms de plantes allaient y passer !).

Je n'ai pas eu besoin de déverrouiller la porte principale, qui l'était déjà, et je suis entrée précautionneusement, presque sur le qui-vive. Qu'est-ce qui allait encore me tomber sur la tête ? Je l'ai rapidement compris... en reconnaissant la voix de Véra. Le félon avait donc poussé le vice et l'ironie jusqu'à appeler MA mère pendant qu'il perpétrait son forfait ? Est-ce que cette journée pouvait donc encore plus mal tourner ? Il fallait croire que oui.

Je me suis approchée de la cuisine d'où partaient les éclats de voix mais n'en ai pas franchi le seuil, arrêtée par le tableau. Ma mère dansait avec le balai, un torchon sur la tête, tandis que Héloïse riait aux éclats en frappant dans ses mains, la bouche et les joues barbouillées de choses sucrées. J'avais beau penser qu'elle faisait une mère dégueulasse et partiale, il fallait lui reconnaître cela : c'était une *babouchka* en or et elle adorait ses petits-enfants, TOUS ses petits-enfants. Des larmes silencieuses ont commencé à couler sur mes joues, irrépressibles, débordement aqueux et salé des derniers événements.

Comme dans un film au ralenti, petite fille et grand-mère ont soudain senti ma présence et se sont retournées vers la chose larmoyante dans l'embrasure de la porte. Les rires se sont effacés jusque dans leurs yeux. Les deux ont accouru vers moi, dans une même spontanéité et m'ont entourée : d'onomatopées, de caresses, de chocolat. J'avais désespérément besoin d'être rassurée et câlinée et si un ancestral instinct de survie ne m'avait pas retenue, j'aurais pu tout cracher à ma mère en deux minutes : mon mariage fadasse, mon ennui, mes envies d'ailleurs, mon mari qui se tapait ma belle-sœur… Hélas, je savais bien que les accalmies véranesques ne duraient jamais longtemps et je m'étais trop souvent mordu les doigts suite à des confidences hâtives. Aussi, lorsqu'elle m'a servi une tasse de thé, tout attendrie, en me demandant ce qui n'allait pas, ai-je ravalé mon chagrin et essuyé mes larmes.

— Rien qu'une sale journée de reprise. Et un peu trop d'émotivité ces temps-ci.

Le regard de ma mère s'est fait soupçonneux.

— Tu ne serais pas enceinte, *Cloénouchka* ?

— *Mais non, maman, je t'assure. (Et que Dieu me préserve de porter en mon sein le fruit du démon !)*

Repoussant la petite boule d'angoisse tout au fond de mon estomac, j'ai pris sur moi pour avoir l'air le plus naturel possible et esquissé un pauvre sourire.

— Ce thé va me faire le plus grand bien, merci *mamouchka.*

— Tu travailles trop, aussi.

Ami. e lecteur. rice, tu l'auras compris, Véra n'est pas à une contradiction près. Je suis, selon les jours et les humeurs, une feignasse privilégiée ou un bourreau de travail, une mère envahissante ou indigne, une fille à choyer ou à pilonner… Il semble que ce soir-là, elle ait été en mode *Magna Mater.*

— Il faut savoir dire non, parfois ! Sinon, à quoi sert de s'être battu sous le Front Populaire !

— Maman, arrête-moi si je me trompe mais tu n'es pas vieille au point d'avoir connu Léon Blum ?

Elle était de bonne humeur (et à jeun !) alors elle a ri.

— Je vois que ma petite *Cloénouchkina* est de retour !

Héloïse s'est aussitôt mise à sautiller autour de moi, en chantant : « *Mamouchka* est de retour, *mamouchka* est de retour ». Ma mère a attrapé une casserole, s'est mise à taper dessus avec une cuillère en bois et toutes les deux ont entrepris une sorte de danse semi-sioux, semi-slave, autour de la table. Leur bonne humeur et leurs rires ont fini par me gagner et je les ai rejointes dans ce que ma mère appelle depuis que je suis gamine « la danse du chocolat », une chorégraphie fantaisiste et bruyante qui doit toujours avoir lieu dans la cuisine, à l'heure du goûter, ayant pour but de restaurer ses forces affectives et glucidiques.

C'est dans cette liesse cacophonique qu'est arrivé… Roméo.

Putain, je l'avais presque oublié celui-là, avec sa gueule enfarinée et ses bons yeux de saint-bernard HYPOCRITES ! Oublié aussi, mon plan fantasmé de l'attendre, bras et jambes croisés à la Sharon Stone, assise en face de la porte d'entrée en mode « *L'œil était dans la tombe et regardait Caïn*[8] ».

Comble de l'ironie, c'est lui qui a prononcé le premier la demande de justification :

— Comment ça se fait que tu sois rentrée si tôt ?

Il ne m'a même pas semblé discerner un tremblement dans sa voix ou un frémissement d'inquiétude. De mon côté en revanche, l'émotion me reprenait et ma gorge s'est serrée. Heureusement, pour une fois, j'ai remercié le ciel

8. Vers final du poème *La conscience* de Victor Hugo.

que Véra soit sur le ring. Elle allait m'épargner les conséquences de l'impréparation.

— Cachez votre joie, mon gendre ! Je pense que ma petite Chloë est malade. Et vous devriez être à son chevet, au lieu de traîner je ne sais où.

— Tu es malade, chérie ?

J'ai rebondi sans vergogne sur l'alibi fort à propos lancé par ma mère en reniflant ostensiblement.

— Il est possible que je couve un truc, oui. Christophe m'a autorisée à quitter plus tôt. Mais toi… ?

— Une urgence au boulot.

Il avait répondu très vite – *trop* vite –, puis il s'est retourné vers ma mère avec un brin d'impatience.

— Merci Véra de nous avoir dépannés.

— Voyons, c'est toujours un plaisir de venir m'occuper de ma vnoutchka adorée. Même si… (Elle nous a jeté un coup d'œil perçant.) Vous devriez accorder vos violons sur vos emplois du temps.

J'ai tendu le dos pour le développement qui allait suivre, mais exceptionnellement, Véra s'est abstenue. Décidément, la danse du chocolat avait le pouvoir d'adoucir les mœurs. Elle a câliné un long moment Héloïse, puis a attrapé son manteau. Je l'ai raccompagnée dans l'entrée et au moment de passer la porte, elle s'est retournée vers moi et a dit d'un ton étrange :

— Il y a quelque chose de différent en toi, *Dietka*[9].

— Mama…

— On ne la fait pas à sa mère ! Lui, là-bas (elle désignait d'un ongle rose accusateur la cuisine où nous avions laissé Roméo), il n'est peut-être pas aussi mou que le chiffon habituel, mais toi, tu n'es pas assez blanche pour une oie des neiges !

---

9. Chérie.

De temps à autre, Véra bricolait des idiotismes franco-russes qui pouvaient être aussi imagés que sibyllins. Il n'empêche que j'avais saisi le message. La mouche était plus fine qu'il n'y paraissait.

Je l'ai embrassée.

— Merci maman, pour Héloïse. On se téléphone.

Et maintenant, à nous deux Casanova !

— Depuis quand tu appelles ma mère pour un imprévu ? Le mélodrame d'hier ne t'a pas suffi ?

— Tout s'est bien passé ce soir, non ?

— *Ça ne répond pas à ma question (et ne pense pas que je n'ai pas noté ton petit air fuyant et ton empressement, tout à fait incongru, à faire la vaisselle* POUR ME TOURNER LE DOS*).*

— Ma mère n'était pas dispo : j'ai tenté Véra. Où est le mal ? C'est ta mère, non, et la grand-mère de la petite ? *(« Où est le mal ? » Sale petite fouine retorse !)*

— Mais pourquoi tu ne m'as pas appelée ?

— Enfin, Chloë, tu es en train de me faire un procès pour des broutilles, là ! T'es pas censée être au boulot jusqu'à 18 h le lundi ?

J'avais fortement envie de lui sauter à la gorge et de déballer toute ma cargaison de griefs. J'ai mis la pédale douce. Je voulais voir jusqu'où irait sa duplicité.

— Effectivement. Et sinon, tu me parles de ce qui t'a retenu au travail ? Ce n'est pas souvent, dis donc.

— Non, ce n'est pas souvent, mais ça peut arriver. Il n'y a pas que toi qui as des impératifs professionnels. Et puis, une heure sup, c'est bon, c'est pas la mort.

J'hésitais entre l'envie d'insister lourdement pour tenter de le coincer et la crainte de révéler mes informations (et surtout : comment je les avais obtenues…). Objectivement, oui, il avait raison : une heure de retard en sortant du boulot, ce n'était RIEN et pourtant, c'était l'heure qui avait suffi pour balayer le reste de mes illusions. Cet homme devant moi qui me mentait avec un tel aplomb n'était plus celui que je croyais et la pilule était amère. *Roméo, pourquoi n'es-tu plus Roméo ?*

Il n'y avait objectivement plus rien à dire, plus rien à faire, et au milieu de tout cela, le visage diaboliquement beau d'Aurélien m'est apparu comme un phare dans la nuit. En d'autres circonstances, face à l'invitation cavalière de celui-ci, il y a fort à parier que je me serais dégonflée. L'évidence de la trahison de Roméo a eu pour mérite de m'ôter tout lambeau de culpabilité.

J'ai ravalé ma blessure du soir et me suis tenue (entendre « scotché les lèvres » qui ont eu envie à plusieurs reprises de s'ouvrir sur de petites remarques assassines) jusqu'au coucher. Pour éviter le tête-à-tête, j'ai eu recours au subterfuge du travail (les gosses et le travail : voilà les deux ressorts clefs de l'évitement dans un couple !). Je me suis même fait un malin plaisir de dire une demi-vérité, à savoir que j'avais répondu à une sorte d'appel d'offre sur le roman graphique et que je comptais m'associer à un photographe pour retravailler mon projet et le présenter dans un mois au concours parisien « Imago Mundi ». Roméo a joué l'admiratif et le supporter et s'est débarrassé de moi avec un soulagement palpable avant de s'affaler devant la télé. Enfin... peut-être n'était-ce que l'alibi officiel tandis qu'il pianotait des mots doux sur son téléphone, comme je le faisais de mon côté.

En effet, à peine enfermée dans mon bureau, j'avais aperçu les notifications Messenger. Aurélien m'avait envoyé une succession de messages dont le plus important m'annonçait sa venue le lendemain. DEMAIN ? Le cœur m'est descendu. J'avais la sensation d'être une carotte tombée par hasard dans une centrifugeuse. Une seule issue : l'écrabouillage !

Bien entendu, j'ai immédiatement envoyé un message à Clothilde pour lui expliquer la situation. La question sous-jacente et angoissée était : qu'est-ce que je dois faire ? La réponse – bien explicite – a été immédiate :

> Ça fait plus d'un mois que tu me casses les pieds avec ce mec, le tien te trompe, si tu ne vas pas à ce rendez-vous, rentre immédiatement dans les ordres ou apprête-toi à te transformer en Véra jusqu'à la fin de ta vie.

Vous imaginez bien que le dernier argument ne pouvait que faire mouche.

> OK, mais... le délai paraît serré ! Comment veux-tu que je fasse pour m'organiser demain ?

> C'est très facile. Je t'appelle et monte un bateau. Une urgence personnelle pour laquelle j'ai absolument besoin de toi. Vu les circonstances, ça m'étonnerait que Roméo la ramène !

Ce qu'elle a fait, dans le quart d'heure.

Elle avait une réunion hyper importante demain soir, ses parents ne pouvaient pas s'occuper de Clara, elle avait absolument besoin de moi, je pouvais dormir à la maison au cas où elle rentrerait tard et blablabla... tout cela sur le téléphone fixe, donc décroché par Roméo à qui elle avait servi le bobard tout chaud en premier. Quand j'ai levé la tête vers lui, l'air embêté, comme pour quémander son assentiment, il a eu un geste de grand prince et un bon sourire généreux : « Bien sûr, bien sûr, vas-y, je m'arrangerai. »

... *Et j'aurai ainsi le champ libre pour culbuter le ficus...*

À cet instant encore, tout aurait pu prendre un tour différent... s'il avait émis des objections, manifesté une gêne quelconque, posé des questions, ma détermination vacillante eût chaviré. Mais rien. S'il surveillait ses arrières, mes propres actions semblaient totalement lui échapper.

La danse du chocolat serait donc une danse du scalp. Dans ma tête a résonné le cri de guerre de Chingachgook tandis qu'au fond de mon cœur tintait cruellement l'adage des Mohicans outragés : « *L'aveugle ne craint pas le serpent…* »

CHAPITRE 24 : « TANT VA LA CRUCHE À L'EAU...[10] »

Vous êtes sûre que c'est un extrait du Dernier des Mohicans *?* a innocemment ponctué ma psy quand je me suis abandonnée à mon récit épique.

Quelle importance ? ai-je presque aboyé avec une grande envie de tuer dans l'œuf les velléités littéraires de Carlita Young.

Chacun son métier, bordel ! À elle le cerveau, à moi les romans produits avec ! Non mais !

Certes, je n'étais pas certaine que la petite citation sur l'aveugle et le serpent soit bien de Fenimore Cooper, mais ma situation avait tout à voir avec les filles du colonel Monro et leurs incroyables aventures au pays des Hurons et de mecs se faisant appeler *Renard Subtil* ou *Œil de Faucon !* Vous trouvez que je m'emballe ? Que je suis un rien survoltée ? Eh bien, madame, rien ne vous empêche d'adhérer aux délires freudiens sur l'hystérie féminine !

Bref, je me souviens d'une séance où je me suis montrée particulièrement excitée et de mauvaise foi, surtout lorsqu'elle s'est intéressée à la réaction « maternelle » de ma mère, qu'elle a trouvée « positive ».

— Allons donc, même une pendule cassée donne l'heure exacte une fois par jour ! me suis-je exaltée.

— L'heure était donc exacte ?

— C'était une métaphore.

---

10. « … *qu'à la fin elle se casse.* » Proverbe français.

— J'avais bien compris. Cependant, vous semblez admettre que votre mère avait raison ce soir-là. Quelque chose avait-il changé en vous ? Quelque chose de perceptible pour votre entourage ? Quelque chose qui aurait pu entraîner des réactions en chaîne...

Une petite bulle a dû exploser quelque part sous mon crâne.

— Vous êtes en train de supposer que tout ce qui s'est passé est ma faute ?

— Je n'aime pas beaucoup ce mot de « faute », vous le savez bien. En revanche, il est intéressant de comprendre pourquoi on se met dans certaines situations. Les circonstances ne sont jamais tout à fait hasardeuses et bien souvent, nous en sommes les artisans. Le nier ne conduit qu'à reproduire des événements similaires.

Je me suis imaginée un instant lui planter un stylo dans la carotide, puis appeler la police et attendre qu'on vienne m'arrêter en la regardant se vider de son sang. J'aurais tout avoué, fini mes jours en prison, enfin, au moins les quinze prochaines années, pendant lesquelles j'aurais écrit un livre sur mon histoire : *Comment devenir folle en dix leçons*. Je me sentais si fatiguée et désorientée.

— Reprenons depuis le début, vous voulez bien ? En tâchant de laisser de côté une trop grande émotivité.

— Ça va pas être facile...

— Et si vous tentiez de me raconter ce qui a suivi de la façon la plus factuelle possible, comme une sorte de... disons... chronique ? Nous reviendrons sur les émotions provoquées dans un deuxième temps. Peut-être que cela sera plus facile ?

J'ai respiré un grand coup. OK, Carlita, tu venais d'échapper à la mort et j'allais te raconter les faits, rien que les faits.

Le lendemain, mardi donc – jour du sacrifice de la petite biche sur l'autel du grand méchant très beau – je me suis conduite comme une sorte de zombie atteinte du TDAH. Christophe, mon chef de rayon *bien-aimé*, n'a dû avoir aucun mal à croire à mon épisode maladif vu la fébrilité dont j'ai fait preuve toute la journée. Je pense même avoir réussi à provoquer sa pitié tant j'avais l'air à côté de mes pompes. Je n'ai renseigné correctement à peu près aucun client et j'ai même vendu à une vieille dame les trois tomes de *Cinquante nuances de Grey* en guise de cadeau pour… sa petite-fille de huit ans. (Et alors ? On ne découvrait jamais assez tôt la perversité masculine !)

Les derniers échanges que j'avais eus avec le BMI dataient du matin de bonne heure. Il était censé arrivé à Tours avant 14 h pour démarrer son shooting. Il pensait en avoir pour quelques heures. Il me tiendrait au courant dans l'après-midi. Il proposait de dîner ensemble dans un endroit discret et n'avait pas refait d'allusion nocturne. Même si je croyais cerner l'engin (n'ayez pas l'esprit mal placé, s'il vous plaît…), j'étais presque rassurée par cette invitation très sage. On allait passer la soirée ensemble, la belle affaire ! (J'en connaissais qui ne se gênaient pas pour des rendez-vous secrets dans leur *endroit habituel*.) Nous voir, sereinement, décider de la suite à donner à notre « relation », sans précipitation. À mesure que la journée avançait, je me convainquais que j'allais être affreusement raisonnable et posée, lui exprimer franchement où j'en étais, mes craintes et mes besoins, ne surtout plus me laisser mener aveuglément. *Le Dernier des Mohicans* ou pas, il est toujours plus judicieux de savoir exactement où est le serpent…

Au fil des heures, j'ai même fini par tout à fait me convaincre. Ce n'était pas parce que mon mari se conduisait comme le dernier des goujats, menteurs, séducteurs, scélérats... que je devais, moi, devenir, criminelle ! Au contraire, je serais irréprochable, héroïque ! Je tiendrais Aurélien à distance ! Et lorsque viendrait l'heure de prendre le fourbe Roméo le doigt dans le pot de miel – ou plutôt... dans le pot de fleurs ! – je pourrais déverser le tombereau de l'accusation du haut d'un piédestal immaculé ! (Il n'empêche... au cas où... je suis quand même allée chez l'esthéticienne entre midi et deux. Mais, bien sûr, je n'ai pas donné ce détail à madame Freud...)

Quand je suis sortie de la galerie de la Fnac à 19 h, je n'avais eu aucune nouvelle d'Aurélien. En revanche, des SMS de Roméo fleurissaient sur mon portable pour m'indiquer qu'il était allé chercher la petite, puis qu'ils étaient en train de goûter, puis de faire les devoirs, avec à chaque fois des photos à l'appui. Que cherchait-il ? À endormir ma vigilance ? À se racheter ? À me prouver que oui, à partir d'aujourd'hui, il serait bien là où il devait être ? Je n'en avais plus rien à faire. C'était trop tard. Il pouvait bien maintenant me tenir informée minute par minute de son emploi du temps, il m'avait menti hier et je ne sais combien de jours précédents. Rien n'avait le pouvoir de changer cette réalité.

Vous savez pourtant à quel point la réalité est subjective, avait tout de même ponctué la grande chamane du divan, à ce moment de mon récit.

Oui, bien sûr, je le savais. Ne l'avais-je pas appris à mes dépens ? Ce soir-là, toutefois, j'avais l'impression d'être d'une lucidité prodigieuse. Je m'apercevais que si les dernières émotions m'avaient chamboulée, je me sentais incroyablement vivante. J'avais la sensation de m'être réveillée d'un long sommeil grâce à la douche du destin. Et cet état, aussi inconfortable soit-il, me paraissait tellement plus enviable que la longue apathie dans laquelle je m'étais enfermée ces dernières années, prisonnière de la tiède routine quotidienne. Celle qui faisait claquer ses talons sur le pavé en marchant vers une soirée aussi effrayante qu'excitante, au milieu du champ de ruine de sa vie conjugale, n'était rien moins que la petite sœur de Léa Delmas, traversant la France en guerre pour rejoindre François Tavernier.

Et François Tavernier dans tout ça, il était où ? Vous ne trouviez pas étrange de n'avoir aucune nouvelle ?

Malgré son air blasé, je soupçonnais Carlotta de baver intérieurement à l'écoute de mes inénarrables aventures. Oui, évidemment, je trouvais ça étrange, mais je ne voulais pas paraître impatiente ni trop accro, posture qui aurait foutu par terre mes bonnes résolutions.

Sur le chemin de chez Clothilde toutefois, je me suis permis un SMS standard :

> Sortie du boulot. On se retrouve à quelle heure ?

Arrivée chez mon amie, je l'ai trouvée en pleine décompensation post-début-de-semaine, emmitouflée dans un plaid en laine sur son canapé, un verre de vin à la main.

— Tu tombes bien ! Je sors d'une heure « Jérémy ». J'ai tout donné !

— Jérémy ? Il était là ?

— Tu sais bien que le mardi soir, souvent, il vient prendre Clara pour passer le mercredi avec elle. J'ai abrégé pour ne surtout pas que vous vous croisiez.

— Et alors ? Il était dans quel état ? Il s'est excusé ?

— Il affichait la mine « petits souliers ». Même s'il ne comprend toujours pas en quoi sa proposition n'était pas recevable. Ceci dit, comme il a déjà dû dépenser le fric de la vente de la voiture, il n'a pas particulièrement insisté…

— Et… pour moi, il a dit quelque chose ?

— Il a eu l'excuse habituelle… Il a agi sur un coup de tête, il n'a pas réfléchi.

— Mais bien sûr…

— En tout cas, je l'ai laissé croire qu'il avait fait mouche, histoire de fermer la porte à la récidive.

— Tu as bien fait.

— Il t'imagine sans doute dévastée, a ajouté Tilou avec un coup d'œil appréciateur sur ma silhouette impeccable.

Je me suis affalée à côté d'elle.

— J'avoue que je ne sais même plus dans quel état je suis. J'oscille entre la colère, la peine, la joie. C'est très bizarre.

— Peut-être qu'il est juste temps d'arrêter de réfléchir et de profiter de la vie, tu ne crois pas ?

— Même à 35 ans, mariée et maman ?

— J'ai envie de dire : surtout à 35 ans, mariée et maman ! C'est pas quand tu seras en déambulateur que tu feras des cabrioles. En parlant de ça, à quelle heure tu retrouves le BMI ?

J'ai regardé mon portable.

— J'en sais rien, en fait. Il ne m'a rien envoyé depuis ce matin.

— Appelle.

— J'veux pas le déranger…

— Vous avez rendez-vous pour dîner, il est 19 h 30. Ça paraît raisonnable, quand même !

— T'as raison.

J'ai fiévreusement composé le numéro d'Aurélien et suis tombée directement sur sa messagerie. J'ai pris ma voix la plus enjouée et légère possible pour laisser un micro-message insignifiant lui disant que j'attendais de ses nouvelles.

— Va te préparer, il va rappeler.

— Ouais !

Je me suis enfermée dans la salle de bains et j'ai entrepris le rafraîchissement intégral. J'avais opté pour une relative sobriété, misant tout sur les dessous… Pour le packaging : un simple pantalon huilé noir moulant sur des escarpins et un joli pull rouge sur lequel danseraient mes longs cheveux noirs savamment disciplinés. Pas de fourrure, pas de pompon… et toujours pas de message. Je commençais à penser que François Tavernier m'avait posé un lapin. Un seul remède : attaquer la bouteille de vin avec Tilou.

Il était 20 h 30 quand mon téléphone a vibré. C'était lui.

— Chloé ? Je suis désolé, je n'ai pas pu t'appeler avant.

— Oh, ce n'est pas grave. (Ton faussement détaché, palpitant à 140.) Ça va ?

— Disons que tout ne s'est pas exactement passé comme prévu. (L'histoire de ma vie !)

— Ah bon…

— Les prises de vue n'étaient pas à Tours, en fait, mais plutôt vers Laval Je croyais que c'était plus proche que ça. (OK, premier défaut du BMI : il était nul en géographie !)

— Laval ? Mais c'est à…

— Au moins deux heures, oui. (Tu la sens la déconfiture, là ?)

— Donc, tu ne seras pas là avant 22 h 30… ?

— Oui… et non. Il y a un pot prévu pour l'équipe, je ne peux pas vraiment partir comme ça. Et puis, quand j'ai compris que c'était si loin, je n'ai pas demandé les clefs de l'appart à ma tante. Ça aurait été suspect, tu comprends ?

Oh ! je comprenais parfaitement… m'être fait avoir, une fois de plus. Je m'étais mise à sa disposition sur un claquement de doigts et lui n'avait pas pris cinq minutes dans la journée pour me tenir au courant de ses contretemps. Je méritais vraiment le label « cruche intégrale ».

— Oui, bien sûr, je comprends. (Chut ! Ne commentez pas.) Je dors chez mon amie Clothilde. Si tu ne finis pas trop tard, fais-moi signe.

— Bien sûr. Je suis tellement déçu. (Pas tant que moi, connard !)

— Moi aussi. Mon tél reste allumé…

Donc, malgré son détachement et son manque total d'égard, encore une fois, vous lui avez laissé la porte ouverte ?

Freud : 10 ; Chloë : 0.

CHAPITRE 25 : LES LAURIERS SONT COUPÉS

Je vous laisse imaginer que, derrière cet immonde lapin posé dans les règles de l'art, j'ai allègrement aidé Clothilde à terminer la bouteille de rouge qu'elle venait d'ouvrir. Nous nous sommes commandé des sushis et la moitié barbue de l'humanité a dû saigner des oreilles toute la soirée.

J'éprouvais des sentiments contradictoires, entre colère, déception et tristesse, mais ce qui surnageait dans ce magma confus était sans doute une cuisante vexation dans laquelle je confondais Roméo et Aurélien, les deux pendants d'un même mépris ; entre le premier que je n'étais pas parvenue à retenir et le deuxième que je ne détournerais pas, mon amour-propre était proche du zéro absolu.

À 23 h 30, Tilou a sonné les complies : il était plus que temps d'enterrer cette journée et de se répéter le mantra de Scarlett O'Hara : « J'y penserai demain ». C'est alors que mon téléphone a vibré…

— Tu ne vas pas le croire, ai-je murmuré.

— Bien sûr que si, je le crois. C'est le BMI qui met le pied en travers de la porte pour être sûre que tu ne la refermes pas tout à fait ?

— Comment tu le sais ?

— Les mecs sont tellement prévisibles, Chloë… Va vraiment falloir que tu lâches Jane Austen, ma bichette. Laisse-moi deviner : il te dit à quel point il est désolé et combien il a passé une mauvaise soirée, il espère que tu ne lui en veux pas ?

C'était dur de le reconnaître, mais elle avait totalement raison et c'était à peu près la substance du message.

— Mais pourquoi il fait ça, putain ? Le plus simple ne serait pas de dire : « Tu ne m'intéresses pas » ou « On arrête » ou encore « J'ai réfléchi, etc. » ?

— Il ne te le dit pas, parce qu'il ne le pense pas, ma belle. Tu lui plais, c'est certain, mais il ne prendra aucun risque et ce soir, c'était trop compliqué. Il n'empêche qu'il garde sous le coude la jolie fille parce qu'une autre occasion se représentera peut-être…

— C'est dégueulasse !

Et hop, nous avons ouvert une autre bouteille.

La suite est-elle arrivée parce que nous avions un coup dans le nez ? Parce que j'étais trop désemparée pour prendre le recul nécessaire ? Ou parce que je n'avais aucune estime de moi-même… Toujours est-il que Petit-lapin-bondissant a provoqué Renard-Subtil en répondant crânement :

> Tu peux me rejoindre maintenant si tu veux…

> Je suis à plus de deux heures, pom-pom girl. Et puis, je n'ai pas les clefs de l'appart, je te l'ai dit.

— Tu vois. C'est un dégonflé, a ponctué Clo. Insiste, tu vas voir. Dis-lui qu'il peut dormir ici, même !

— Tu déconnes ?

— Ben non. J'ai une chambre d'ami, des murs épais… Et, au moins, tu serais fixée. Un mois et demi que tu nous encenses François Tavernier, on aimerait bien savoir s'il en a dans le pantalon…

Elle riait et j'étais persuadée que ma petite bravade ne mènerait nulle part, alors je l'ai écoutée.

> Je t'offre un toit pour la nuit.

> Tu es sérieuse ?

> Oui. Enfourche ton destrier, je t'attends.

Nos deux têtes se sont penchées sur le téléphone, attendant la réponse.

— Il va pas répondre, le petit bâtard.

Quand j'ai vu s'afficher la petite fenêtre bleue « *OK, j'arrive, je serai là dans deux heures* », mon cœur a failli s'arrêter et je crois bien que celui de Clothilde aussi. Comme si on s'était amusées jusque-là, sans vraiment croire que son acceptation entrait dans le champ des possibles. Une trouille terrible m'a soudainement saisie.

— C'est n'importe quoi. J'annule tout, Tilou !

— Ah, non ! Il faut mettre un terme à ce jeu de cache-cache… Quoi qu'il arrive, tu ne te défiles pas !

— Mais enfin, c'est impossible ! Je n'ai jamais fait ÇA ! Je ne peux tout simplement pas dormir avec un inconnu ! Me réveiller à côté d'un inconnu !

— Qui a dit que tu allais dormir, m'a susurré Clothilde avec un air entendu.

L'ampleur de la catastrophe que j'étais en train de déclencher m'est apparue tout à coup avec violence et une bouffée de chaleur m'est montée au visage.

— Mon Dieu, mon Dieu, mais qu'est-ce que j'ai fait ? Je suis folle à lier. Mon Dieu !

— Techniquement, pour l'instant, tu n'as encore rien fait. Et personne ne t'oblige à faire quoi que ce soit. Voyez-vous, parlez, dormez, faites ce que vous voulez, mais concluez par quelque chose, bordel. Moi, j'en peux plus non plus ! Et maintenant, stratégie : on a deux heures devant nous !

— Mais pour faire quoi ?

— Le ménage !

— Hein ?

— Ma maison est dans un état déplorable. Hors de question d'accueillir monsieur Darcy dans un taudis. On a du boulot. Et... un lit à faire !

— Arrête... C'est horrible !

Et nous avons éclaté de rire.

A suivi la soirée, enfin le début de nuit, le plus fou que nous ayons passé depuis longtemps. À minuit, les deux amies d'enfance, les deux mères de famille, les deux femmes respectables de 35 ans, se sont mises à faire le ménage. Nous ne saurons jamais ce que les voisins ont pu penser de l'aspirateur à 1 h du matin, ni des crises de rire hystériques qui ont régulièrement ponctué l'heure suivante. Enfin, pour être honnête, c'est surtout Clothilde qui a assuré. Moi ? Eh bien moi, je brassais de l'air en répétant régulièrement : « Il ne va pas venir ! C'est du délire ! »

À 2 h du matin, j'ai reçu un SMS :

> Je serai là dans une demi-heure. Tu m'attends toujours, sweety ? Envoie l'adresse exacte.

Clothilde a décrété qu'il était l'heure pour elle d'aller se coucher car elle se levait tôt le lendemain. Elle m'a serrée dans ses bras, a articulé avec le sourire un chaleureux « bonne chance » qui ressemblait plutôt à un adieu... et elle s'est enfermée dans sa chambre.

Voilà. Le ring était prêt. Il n'attendait plus que les boxeurs pour consommer la tragédie.

« Les Dieux m'en sont témoins, ces dieux qui dans mon flanc
Ont allumé le feu fatal à tout mon sang.[11] *»*

Pourquoi ces vers de *Phèdre* me revenaient-ils en boucle ? Il aurait sans doute été plus approprié de chanter :

11. Aveu de Phèdre, dans la pièce éponyme écrite par Jean Racine (Acte II, scène 5).

« *Jeanneton prend sa faucille* »... mais que voulez-vous, on ne se refait pas.

La demi-heure est vite passée. Je me suis assurée de ma tenue impeccable, ai recoiffé cinq fois de suite ma crinière, me suis démaquillée et remaquillée au moins deux fois. Rincé et re-rincé la bouche, sucé Menthos sur Menthos. Et j'ai attendu.

À 2 h 35, mon téléphone a vibré.

> C'est moi. Je suis en bas de l'immeuble.

> J'arrive.

J'ai descendu les escaliers, le cœur battant. J'ai ouvert la porte et il était là : immense, terriblement beau, encore plus beau que dans mes souvenirs, et surtout terriblement *réel*. Quand il m'a souri, je crois que tous mes doutes (pas la trouille, hein ? Qu'on soit d'accord !) se sont évanouis d'un coup. Il m'a fait la bise, tendrement, a juste laissé poser sa main sur ma hanche quelques secondes de trop et a dit :

— Je suis content de te voir.

C'était aussi naturel et simple que cela finalement.

Nous avons monté les escaliers comme des conspirateurs et j'ai refermé la porte sur lui. Là, j'ai repensé à toutes les recommandations et conseils de Clothilde, mais absolument rien ne s'est passé comme prévu.

— Tu veux boire quelque chose ? (Clothilde m'avait dit de commencer par là pour détendre l'atmosphère et me laisser du temps pour décider de la suite.)

— Non. Je suis rincé. J'ai qu'une envie, c'est de m'allonger.

J'ai dégluti. Il avait dit ça sans sous-entendu aucun et j'ai hésité une microseconde à lui proposer le canapé. Évidemment, Petit-Lapin-Tremblant a juste répondu :

— On peut se mettre dans la chambre d'ami. Mon amie Clothilde dort. Ne fais pas de bruit.

Il m'a suivie, a déposé ses affaires et s'est assis sur le lit, à côté de moi. J'ai essayé de lancer une conversation, de nouveau empruntée.

— Alors ? Cette soirée ?

— *Sans intérêt, je t'assure. (Alors pourquoi tu n'es pas venu plus tôt ?)*

— Et le shooting ?

— De l'institutionnel. Contrat pour remplir la marmite.

Bon. On allait rester là à se regarder dans le blanc de l'œil en débitant des banalités ? Ou alors j'attaquais l'interrogatoire ? Je vous assure que j'avais plein d'idées et toute une liste de sujets dans ma tête, à commencer par : qu'as-tu dit à ta femme pour cette nuit ? Ou encore…

— Ça ne t'ennuie pas si on se couche ?

Il m'avait posé la question avec un sourire tranquille, désarmant. Et encore une fois, Petit-Lapin-Crétin a eu l'herbe coupée sous la patte.

— Euh… non.

Alors, le plus tranquillement du monde, il a commencé à se déshabiller.

Si !

J'étais presque tétanisée en le regardant enlever, avec le plus grand naturel, son pull, son T-shirt, son jean, ses chaussettes… En une minute, il s'est retrouvé en caleçon devant moi. Beau comme un Dieu, OK, mais… avec juste un caleçon moulant ! J'étais au bord de l'asphyxie ! Puis il s'est couché, tandis que je restais pétrifiée, assise sur le bout des fesses, osant à peine le regarder. Il m'a lancé, avec un sourire en coin :

— Tu ne te déshabilles pas ?

— Non.

La négation avait jailli. Me déshabiller, tout de suite, et hop la boum *sans autre forme de procès* ? Au secours ! Il ne connaissait donc pas ses classiques ? Pouvait-on mettre sur pause et faire un point sur les différentes méthodes ? Compliments appuyés, rapprochement lascif, baiser du prince charmant, déshabillage érotique, massages, mains mêlées sur un tour de potier (bon, un peu compliqué en l'occurrence) et que sais-je encore ?

— On peut éteindre la lumière si tu veux.

Il s'était glissé sous la couette et ses yeux noirs me paraissaient brûler d'un feu infernal.

Alors, oui, j'ai obéi et j'ai éteint la lumière. Ben quoi ? On peut bien discuter dans le noir, non ?

CHAPITRE 26 : PAN PAN

Mon cœur battait tellement fort quand je me suis allongée face à lui (*sur* la couette) que j'étais persuadée qu'il pouvait l'entendre. Je l'imaginais sourire dans le noir, prêt à dévorer la petite chèvre qu'il savait maintenant acculée…

— Donne-moi ta main.

C'est tout ce qu'il a dit.

Nos paumes se sont jointes, et nous sommes restés ensuite un long moment à écouter le bruit de nos respirations un brin saccadées, sans plus prononcer un mot, dans une immobilité totale, à l'exception de son pouce qui caressait, avec une douceur proche de la torture, l'intérieur de mon poignet. Je me souviens m'être demandé si l'on pouvait mourir de désir et qui de nous deux allait décéder en premier, lorsque sa main s'est soudainement dégagée de la mienne pour venir tout aussitôt se poser sur mon ventre, en un geste explicite de possession. Il s'était relevé sur un coude et je devinais son visage au-dessus du mien, sa mèche de cheveux me frôlant la joue ; dans la pénombre, je succombais à la séduction envoûtante de sa voix :

— Tu vas rester sur les couvertures toute la nuit ou tu me rejoins dessous, petit lapin ?

J'ai tenté de juguler mon trouble par un vague trait d'ironie :

— T'empêcherais-je de dormir, Davy Crockett ?

Ses doigts se sont posés sur ma bouche dont il a fait longuement le tour, me projetant dans un état de fébrilité quasi insoutenable.

— Cela fait des semaines que tu m'empêches de dormir, pom-pom girl. Ne crois-tu pas qu'il serait temps de payer la facture de toutes ces insomnies ?

Puis, sa main est descendue lentement le long de mon cou, lui imprimant fugitivement mais très consciemment sa marque impérieuse. Le message était clair : je lui avais ouvert mon cœur, mon esprit, ma porte, il entendait bien maintenant être le maître de ce corps que je lui dérobais encore. Sa main a savamment poursuivi sa descente et s'est posée une nouvelle fois sur mon ventre, soulevant cette fois-ci mon pull et mon chemisier pour me caresser délicatement la peau. J'ai senti toute résistance m'abandonner lorsque son visage s'est détaché du mien pour rejoindre la main qui allait et venait sur mon abdomen et y poser ses lèvres, incroyablement douces et charnues, qui se sont mises à m'embrasser avec une lenteur appuyée, délibérée… qui aurait réveillé bien plus sûrement la Belle au bois dormant que le baiser aussi chaste que merdique du prince Philippe. J'ai entendu un petit rire.

— La température monte, Chloë trop jolie, il va falloir te débarrasser de toutes ces couches de vêtements superflus. Et vite !

Joignant le geste à la parole, il m'a arraché, plus qu'ôté, pull et chemisier dans un même mouvement, me laissant frémissante en soutien-gorge et pantalon.

— Viens maintenant.

Le ton ne laissait aucune place à la négociation, dont je n'avais d'ailleurs plus la moindre velléité. Dès ce premier soir au théâtre, j'avais été captivée par l'aura directive, indépendante, dominatrice d'Aurélien. Le nier au nom de mes sacro-saints principes féministes n'aurait rien changé à l'affaire. Ce type avait, dès le premier regard, exercé un pouvoir absolu sur ma personne, et il me semblait évident qu'il avait toujours parfaitement su que nous en arriverions à ce point précis. Manipulation orchestrée ou savoir-faire inné, peu importait, il était le mâle alpha que nous rêvons toutes secrètement de croiser sur notre chemin sans plus oser l'avouer en cette période dégoulinante de #metoo.

Bref, je lui ai immédiatement obéi, envoyant valdinguer pantalon et chaussettes pour me glisser sous la couette.

Et Aurélien créa la femme…

À partir de cet instant, les freins ont totalement lâché.

Je me suis d'abord sentie soulevée comme un fétu de paille et calée à califourchon sur lui, tandis qu'il dégrafait mon soutien-gorge tout en m'embrassant et me mordillant frénétiquement, partout où sa bouche trouvait à se poser. Je m'arquais sous ses baisers, les sens en ébullition, priant pour que cela ne s'arrête jamais.

Vous imaginez bien la confusion qui a suivi… et combien il est difficile de retrouver l'enchaînement des « événements ». Même en réfléchissant bien, il subsiste çà et là certaines ellipses totales dans ma mémoire, dont les fils sont aussi entremêlés que nos corps l'ont été pendant la nuit. Je ne parviens par exemple toujours pas à me rappeler à quel moment et comment mon magnifique string Lejaby a disparu de mes fesses, rejoignant son caleçon quelque part sur le sol de la chambre.

Les préliminaires ont été d'autant plus longs et créatifs que nous n'avions ni l'un ni l'autre de préservatif. Au début, cette prise de conscience a semblé l'arrêter et moi, qui n'avais connu que mes deux partenaires réguliers et officiels, je n'ai pu m'empêcher de le trouver bien protocolaire sur le sujet. Sauf que c'était Aurélien – je devrais finir par le comprendre un jour, dans bien longtemps… – sans limite ni principe autre que ceux qui lui passaient par la tête, *au moment où* ils lui passaient par la tête. S'étant quelque peu éloigné de moi pour fuir la tentation, il me retourna soudainement et s'enfonça en moi, sans autre intimation qu'un halètement dans mon oreille :

— Tu es un pousse-au crime.

Je gémis dans l'oreiller, plus de la joie de le savoir en moi, sur moi, me possédant enfin que pour une réelle jouissance physique.

Soyons honnête, pour une première fois, ma performance a sans doute été piètre et mes initiatives n'ont absolument rien eu de commun avec celles de l'éternelle Emmanuelle. Cette nuit avait été tellement fantasmée, rêvée, projetée que je ne parvenais pas à lâcher totalement la bride du contrôle. Je voulais que tout soit parfait, à l'image d'une bande démo impeccable que je me repasserais en boucle jusqu'à la mort, s'il fallait que jamais l'exercice ne se reproduise. Conséquence de quoi… je ne suis même pas parvenue à un orgasme sur les… quatre ou cinq fois où nous l'avons fait… peut-être même plus, mon ténébreux étant animé d'une soif inextinguible qui ne m'a guère laissé de repos. Il alternait avec frénésie des phases de douceur et de presque violence, me cajolait comme une fleur fragile et rare pour mieux m'empoigner par les cheveux la minute d'après.

Lorsque sa bouche avide est descendue jusqu'à mon entrejambe, je me suis débattue un peu. C'était un acte d'une intimité que je ne pensais pas pouvoir assumer pour une première fois. Mais j'ai tout oublié lorsque sa langue s'y est posée avec autorité et me suis agrippée à ses cheveux avec une presque sensation de triomphe. *François Tavernier était à MOI*, au creux de moi, la tête entre mes jambes. Et le monde pouvait s'écrouler demain. J'aurais connu ÇA *au moins une fois…*

Ce que je retiens de cette nuit hors du temps et des normes, c'est une formidable pulsion de vie. Les digues, toutes les digues – de moralité, de scrupules, de retenue, d'angoisses – avaient explosé. J'étais la terre et il était le ciel, et nous ne pouvions nous arracher l'un à l'autre. Je pense avoir été caressée sans discontinuer des heures durant. Il ne cessait de me répéter à quel point ma peau était douce, combien j'étais belle, combien il avait eu envie de m'arracher ma jupe dès ce fameux soir au théâtre, et combien il avait lutté pour me tenir à distance. Il égrenait les moindres détails qu'il avait notés depuis notre rencontre : un geste, une coiffure, un parfum et cette attention, plus que tout le reste, finissait d'emporter mon cœur, m'ouvrant les portes d'un être infiniment sensible et touchant, dont la fragilité ainsi dévoilée était beaucoup plus dangereuse. Nous n'étions plus que deux âmes sœurs, en manque éperdu de tendresse et d'amour, qui chacune buvait en l'autre ses vides, ses peurs, ses solitudes.

J'ai dû m'assoupir très légèrement sur le matin et lorsque j'ai ouvert un œil, il était posé au bord du lit, déjà habillé, penché sur moi.

— Qu'est-ce que tu fais ?

— Je te regarde dormir, *sweety*. C'est très joli comme spectacle.

J'essayais un instant de visualiser l'image que je devais renvoyer avec mon maquillage « œil de panda », la chevelure en bataille et mes quinze minutes de sommeil. Mais j'ai souri. Une femme quand elle a été aimée ainsi ne peut être que belle, non ? Alors, je l'ai (presque) cru.

On ne s'est pas dit : *on s'appelle, on se revoit quand, qu'est-ce qui se passe après ?* On s'est juste regardés très longtemps, intensément. Il ne m'a pas embrassée. Simplement, juste avant de se lever et de quitter la pièce, il a encerclé mon cou de sa grande main et l'a imperceptiblement serré dans un geste de possessivité absolue qui m'a bouleversée.

À mesure que j'ai entendu ses pas s'éloigner dans le couloir, mon cœur s'est fendillé jusqu'à ce que je m'écroule en larmes dans l'oreiller.

C'est dans cet état que Clothilde m'a trouvée. Elle avait attendu qu'Aurélien parte pour entrouvrir la porte de sa chambre et venir me retrouver. Elle s'est précipitée vers moi.

— Ma chérie, qu'est-ce qui se passe ? Qu'est-ce qu'il t'a fait ?

— Je l'èèèème, ai-je lamentablement vagi, la morve au nez.

— Eh ben, on n'a pas le cul sorti des ronces, a sagement ponctué Clothilde en se laissant tomber sur le matelas.

CHAPITRE 27 : ILS SE MARIÈRENT… ET TÂCHÈRENT DE LE RESTER.

Ça oui, pour me sauver le derrière des épines, il m'aurait au moins fallu une marraine la fée et ses sortilèges. Je pensais à l'épreuve du retour à la maison et je fondais littéralement à l'idée de la confrontation avec Roméo. Comment allais-je pouvoir soutenir son regard ? Et même si j'y parvenais, comment allais-je désormais pouvoir vivre à côté de lui, dormir à ses côtés, *après cette nuit ?* À mesure que la journée passait, l'angoisse et la culpabilité, totalement occultées par la séance batifolage, revenaient me hanter jusqu'à m'étouffer.

Lorsque Roméo est rentré, j'avais toutefois réussi à retrouver un peu de calme. Il faut dire que nous étions mercredi, j'étais donc sortie plus tôt, avais récupéré Héloïse après la cantine et avais profité de sa sieste pour l'accompagner dans le sommeil, ce qui m'avait brièvement remis les idées en place. Les mots rassurants de Clothilde tournaient en rond dans ma tête et me réconfortaient : « Il ne peut rien savoir », « tu n'as fait que lui rendre la monnaie de sa pièce », « n'étant pas clair lui-même, il va bien se garder d'être suspicieux », « il n'y a aucune urgence pour aucune explication », « tout va bien ».

C'est dans cet état d'esprit que je l'ai accueilli pour dîner lorsqu'il est rentré. Nous avons pris le repas tous les trois, parlant de tout et de rien, en fait, parlant surtout *de* et *à* Héloïse, sujet magique de détournement. Je sentais bien que je surjouais un peu et j'avais l'impression qu'il me dévisageait bizarrement, mais je continuais de me répéter comme un petit mantra sacré : « Jusqu'ici, tout va bien. Jusqu'ici, tout va bien », jusqu'… au moment où je suis redescendue dans le salon après avoir couché Héloïse.

Quand je l'ai vu, raide comme un bout de bois sur le canapé du salon, les bras croisés, qui me regardait arriver, j'ai pensé que je faisais l'expérience d'une descente d'organes. Le « il faut qu'on parle » a fini de me liquéfier.

Je n'ai même pas eu le temps d'en placer une qu'il a attaqué.

— Je sais très bien pourquoi tu as dormi chez Clothilde, hier soir. *(Tu l'entends le petit ploc de l'estomac qui tombe ?)*

Voilà, j'étais démasquée, la justice immanente avait frappé, la métamorphose en statue de sel allait débuter. Merci maman, pour les cours de caté : j'allais *périr par où j'avais péché.*

La paralysie a ceci de bon qu'elle peut vous empêcher de dire ou faire des sottises. Ce n'est donc qu'en esprit que je me suis jetée à ses pieds en avouant mes fautes et en implorant son pardon. Mon corps, lui, est resté tétanisé sur le divan et ma langue collée au palais. Heureusement !

Il a enchaîné :

— Pas la peine de jouer la comédie, va, j'ai compris. (Ouverture mécanique de la bouche : OK. Cordes vocales : panne technique.) Je sais que tu as lu mes mails.

La phrase a mis au moins trente secondes pour monter au cerveau.

— Pardon ?

— Oui, pas la peine de nier. Je ne suis pas geek mais je fais le lien avec les heures de connexion la nuit sur ma boîte, forcément… je suis pas débile non plus. (Opération poisson : bouche ouverte, et toujours aucun son.) Je t'avouerai que sur le coup j'ai vraiment été furieux après toi.

— Ah o-oui ? (Couinement de porcelet.)

— Ben oui, bonjour la confiance ! Tu peux pas me demander si tu veux savoir un truc, putain ? De rage, j'ai tout vidé et j'ai attendu que tu m'en parles.

Je commençais à entrevoir une horrible réalité.

— Mais non, tu as sans doute préféré le débriefing avec ta meilleure amie qui me prend pour une quiche depuis toujours. Et puis, hier, tu n'étais pas là, tu ne répondais pas à mes messages et je me suis dit que peut-être que toi aussi, tu étais en colère, ou triste, ou vexée, ou… je ne sais pas… parce que je t'avais caché des trucs. Et je m'en suis voulu.

Une grosse boule se formait au fond de ma gorge.

— Tu veux dire que… enfin… qu'il ne se passe rien avec Adèle ?

— Tu te fous de ma gueule, Chloë ?

— Non.

— Chloë, tu as lu les mails, tu as bien vu ?

J'ai dégluti et j'ai dit d'une toute petite voix :

— En fait, je les ai vus, mais je ne les ai pas lus.

— Tu déconnes ? T'es en train de me dire que t'es allée fouiller dans ma boîte et que t'as pas ouvert les mails ? Quelle fille fait ça ?

J'aurais voulu être engloutie sur-le-champ par les tomettes du salon. Ma voix s'est faite encore plus ténue :

— J'ai pas eu le temps de les ouvrir.

Il m'a regardée un instant en silence, incrédule. Et puis, il a éclaté de rire.

— T'es vraiment unique ! Alors, tu t'es fait des films ? T'as imaginé que j'aurais pu me taper Adèle ? Adèle, le pot de fleurs ?

Il allait continuer dans l'ironie lorsqu'il a soudainement aperçu les deux grosses larmes qui commençaient à rouler sur mes joues. Il s'est levé précipitamment pour venir m'entourer de ses bras.

— Ma chérie, enfin, tu n'es pas sérieuse ? Ça va si mal que ça entre nous pour que tu me croies capable d'agir ainsi ? Que tu me croies capable de te tromper ? Avec ma belle-sœur, en plus ?

Je pleurais désormais à gros bouillons, tandis qu'il me caressait les cheveux en me susurrant des mots de réconfort. J'aurais voulu périr de honte. Et je l'entendais s'excuser en plus – ce qui ne faisait que redoubler mes larmes –, me raconter maladroitement pourquoi il s'était laissé embarquer ces dernières semaines dans le rôle du confident sans savoir ni comment s'en dépêtrer ni comment me le dire. Et tout ça, entrecoupé de « pardon, ma chérie » et de « je t'aime, ma chérie » au point que j'avais envie de lui hurler de fermer sa gueule avant de m'ouvrir les veines.

— Qu'avez-vous fait ? m'a demandé madame Freud pour tenter de me sortir de l'hébétude dans laquelle m'avait jeté le récit de cette journée fatidique.

— Rien, rien ! Que vouliez-vous que je fasse ? ai-je hurlé.

— Oh, mais moi, je ne veux rien. Ce que nous essayons de déterminer ici, c'est ce que *vous*, vous voulez.

Oui, bien sûr. *Qu'est-ce que je veux ?* C'est la question ultime, coincée entre le « *Qui suis-je ?* » et le *« Que vais-je devenir ? »* (Version philosophique du *« Maman, au secours ! »)*

Alors, *qu'est-ce que je voulais ?* À ce moment précis, juste remonter le temps de vingt-quatre heures et effacer la nuit précédente : de ma mémoire, du livre de Yahvé, de la balance de Thot. Peut-être qu'il suffisait que je fasse comme si tout cela n'avait jamais eu lieu ? Peut-être que j'allais me réveiller demain et repartir à zéro ? Et pourquoi pas ?

Je me suis couchée avec une résolution : *Roméo ne devait jamais savoir.* Je ferais jurer le silence à Clothilde et nous ne reparlerions plus de cette nuit passée chez elle ni de l'homme qui m'avait rejointe : il deviendrait Celui-dont-on-ne-doit-pas-prononcer-le-nom. Dès que j'aurais trouvé la force de le faire, je lui écrirais pour lui expliquer. Et ce serait fini. Mieux : cela n'aurait pas existé. Je mourrais avec mon secret et passerais le reste de ma vie d'épouse à l'expier par une conduite irréprochable. Personne ne saurait !

C'était possible. Trente-six ans que le meurtrier du petit Grégory courait, je pouvais bien moi aussi n'être jamais démasquée… Je me suis endormie sur les pensées de tout ce que j'allais faire de bien pour me racheter et effacer ma faute et j'ai presque réussi à me pardonner… et à me convaincre.

Dans la nuit, j'ai rêvé de lui…

Le lendemain, je n'ai pas allumé mon portable de la journée.

La nuit suivante, j'ai encore rêvé de lui.

Et au matin, je me suis fait violence pour ne pas vérifier ma boîte mail. Jusqu'au coucher.

Aussi constants que perfides, les yeux noirs sont revenus hanter mes rêves. Je me suis réveillée en sueur, hagarde, avec tous les symptômes du manque, déjà…

Le surlendemain, j'ai craqué et j'ai ouvert ma boîte mail, pleine d'appréhension, persuadée de m'exposer au supplice des mots doux qu'il me faudrait ignorer avec stoïcisme. Mais… rien.

Vu tout ce qui précède, vous vous dites sans doute que j'aurais dû me sentir soulagée ? La nature est ainsi faite que mon petit cœur s'est juste lamentablement serré, tandis que la voix grinçante (et vexante) de l'ironie a résonné dans mon cerveau : « Eh ben quoi, cocotte, il a eu ce qu'il voulait. Tu t'attendais à quoi ? »

J'ai passé mon samedi matin au lit, éteinte, morose, taraudée par le dangereux « pourquoi ? » qui ne pouvait me conduire qu'à la pêche aux réponses impossibles…

À midi, j'avais dans ma boîte aux lettres une enveloppe blanche à mon nom avec le tampon de la ville de Paris. Mes mains tremblaient légèrement quand je l'ai ouverte.

Là, en belles lettres d'imprimerie, il était écrit :

« Félicitations !

Votre participation à notre Salon Imago Mundi,

en compagnie du photographe AURELIEN B. *a été validée.*

Toute notre équipe vous attend :

les samedi 4 et dimanche 5 avril à l'hôtel Shakespeare. »

J'ai tenu le carton suspendu quelques secondes au-dessus de la poubelle, puis me suis ravisée et l'ai rangé dans mes affaires.

Eh ben quoi ? « J'y penserai demain » !

REMERCIEMENTS

Ce roman que vous venez d'achever est avant tout une revanche sur la vie.

J'ai été élevée dans un milieu sectaire rigoriste et coincé, où la jupe la plus courte n'était pas autorisée à dévoiler le genou, où la seule aventure consommée devait se solder par le mariage, où probité, sérieux et modestie étaient les maîtres mots.

Mon héroïne, Chloë, est aux antipodes de tout cela. J'espère qu'elle vous en a mis « plein les mirettes » comme elle dit, avec ses décolletés osés et ses expressions bien trempées.

Nous avons beaucoup de points communs toutes les deux : une mère ingérable (pardon maman, mais comme tu ne veux plus me voir depuis dix ans, je peux me permettre, hein ?), un père inexistant, une meilleur amie extraordinaire, deux mariages et quelques ténébreux au compteur, une petite fille adorable (qui ne lira ce livre que dans trèèèèès longtemps !).

Cependant j'ai quelques années de plus que Chloë et, après avoir enchainé les catastrophes et les erreurs, j'ai la chance d'avoir enfin emprunté un chemin de vie avec un peu moins de nid-de-poule (pourvu que ça dure, Bonne Mère !).

Il y a deux ans, j'étais en plein burn-out et, alors que j'écris depuis toute petite, je me rappelle avoir été persuadée que je n'arriverais plus jamais à pondre une ligne. Je suis restée des jours, des semaines, à ne presque pas quitter mon canapé, à ne pratiquer que des activités simples ou manuels (tout mon entourage a été pourvu en snoods l'hiver 2019…) Mais… le printemps est revenu, comme toujours (on l'oublie parfois) et j'ai recommencé à manier la plume, d'abord sous forme de blog. Puis très vite, je suis retournée au théâtre, mes premières et constantes amours. On m'a commandé pour la première fois un spectacle d'humour (à moi qui venais de passer des mois à pleurer sur mon fauteuil, avouez que c'est très drôle !) pour lequel je me suis finalement beaucoup amusée. J'y ai retrouvé verve et motivation.

A peu près à la même période (le printemps vous dis-je !) j'ai vu passer des appels à texte pour une nouvelle maison d'édition numérique qui se promettait de remettre à la mode le roman-feuilleton : format court, addictif, écriture hebdomadaire. Le principe m'a plu et j'ai envoyé trois chapitres griffonnés quelques années auparavant, lors d'un épisode de débâcle sentimentale. Julien Simon, le directeur éditorial m'a répondu un petit mail tout simple : je lui avais donné envie de lire la suite, voilà. Sauf, que de suite, je n'en avais pas la queue d'une ! Et voici comment je me suis embarquée dans l'écriture au fil de l'eau (exercice parfois angoissant quand on n'a plus qu'une petite semaine d'avance sur ses lecteurs, je peux vous le certifier !).

« Il était (au moins) une fois » est donc paru de septembre 2019 à février 2020, à raison d'un épisode par semaine, sur l'application Rocambole.io. Elle s'ouvrait tout juste cette petit appli (qui maintenant grossit, grossit) et j'ai fait partie des premiers titres choisis par Julien. Je ne le remercierai jamais assez d'avoir laissé sa chance à cette histoire et de l'avoir aidée à éclore. Le premier jet a déjà été lu à ce jour par des centaines de lecteur. ice. s, dont je remercie les nombreux retours, commentaires et réactions.

Sélectionné par les éditions BMR, à l'été 2020, « Il était (au moins) une fois » a ensuite été étoffé et retravaillé sous la direction bienveillante de Zélie qui s'est d'ailleurs engagée à me suivre sur le volume suivant ! Merci à elle et à sa prédécesseure d'avoir offert à mes histoires de fille l'écrin girly et glamour des éditions BMR, tellement aux couleurs de ma Chloë.

Terminons ces pages par un souhait cosmique (ça mange pas de pain… sans gluten) pour toutes celles qui se seront peu ou prou reconnues dans mon héroïne :

Que votre vie soit à l'image de vos jupes : trop courte certes, mais lumineuse et virevoltante !

Dépôt légal : novembre 2021

imprimé en France par Dupliprint en juillet 2022
N° d'impression : 2022073419 N° d'édition : 2615099/02